KB138580

_____ 님께

행복을 드립니다.

_____

안시성

그녀 양만춘

홍남권 역사소설

온하루

안시성 그녀 양만춘

2018년 8월 17일 초판 1쇄 발행

지 은 이 홍남권
펴 낸 이 홍남권
디 자 인 (주)파코스토리
제   작 (주)파코스토리
펴 낸 곳 온하루출판사
주   소 전라북도 전주시 덕진구 무삼지 2길 10-3
전   화 010-7376-8430
이 메 일 nnghong@naver.com
I S B N 979-11-88740-09-3

안시성

그녀 양만춘

홍남권 역사소설

지은이의 말

어릴 적에 삼국사기를 읽었습니다. 온달 열전의 온달은 바보가 아니라 효자였습니다. 바보가 아닌데 사람들이 왜 바보라 했을까? 무언가 사연이 있겠다 싶었습니다. 왕의 사위인 데다 이미 전쟁영웅이었던 온달이 한강유역을 차지하려다 죽고, 그의 관이 움직이지 않은 데에는 무슨 내막이 있을 거 같았습니다.

온달이 죽은 뒤 평강공주는 어떻게 살았을까? 그녀의 여생이 궁금했지만 기록은 더 이상 없습니다. [평강, 고구려의 어머니]를 쓴 동기입니다. 그런데, 646년 5월 유화부인의 상이 사흘 동안 피눈물을 흘립니다. 누가 죽었다는 기록인 듯싶은데, 고구려왕은 아닙니다. 누가 죽은 것일까요?

어느 날 문득, 평원왕이 일개 거지에 불과한 온달의 이름을 어찌 알고 있었을까? 온달이 만약 데릴사위였다면! 의문이 점점 풀렸습니다.

[안시성 그녀 양만춘]은 안시성 성주를 여자로 설정한 작품입니다. 페미니즘 소설이냐고요? 아닙니다.

중국역사상 최고의 황제라는 당태종을 무찌른 영웅, 그 영광의 이름이 당시 기록에 전무합니다. 성주가 도대체 누구였기에 이름도 안 남긴 것인

가. 당태종이 성주한테 선물도 주고 성주는 잘 가라고 당태종에게 손도 흔들어줬다는데.

당태종은 사백 년 간의 중국사 편찬을 주도한 인물입니다. 그러한 당태종에게, 안시성 성주가 여자라서 기록말살형을 받았다고 생각합니다. 그런데 우리에게 야사로 전해진 그녀의 이름은 어떻게 양만춘이 되었을까요?

양만춘이라고 우리나라에 알려진 때는 조선시대였습니다. 실제로 양만춘이 여자였다 해도 당시 유학자와 사대부들은 그 사실을 숨겼을 겁니다. 그땐 중국인이 지어준 시구절의 연개소문을 우리나라사람이 스스로 기자箕子로 바꿔버린 사대주의와 남존여비 세상이었습니다.

안시성 성주가 여자였다면 우리나라에서 가장 유명한 여성이 되었을 겁니다. 이름도 없이 최고로 이름난 여인… 신사임당대신 그녀가 오만 원 권 지폐의 주인공이었을 것입니다.

계백은 본명이 계백이 아니었습니다. 그의 정체를 감춘 것인가? 수상쩍었습니다. 우리 모두 알다시피 오천결사대와 함께 황산벌로 향하기 전 계백은 처자식을 칼로 베었습니다. 만약 계백의 아들이 열다섯 살이 됐더라면 아버지를 따라 참전했을 것입니다. 아들이 어리다면 계백은 젊었겠지요. 딸만 있었나? 그런데 딸을 아버지가 죽여?

오천결사대는 다 죽지 않았습니다. 이십여 명이 살아남았는데 이 생존자 가운데는 뜻밖에 총사령관 계백보다 벼슬이 높은 사람이 둘이나 있습니다. 이 두 사람은 황산벌에서 대체 무슨 역할을 하고 있었을까요?

문뜩 계백이 반은 백제인 반은 신라인이었다면? 그의 어머니가 신라인이라면? 그의 아내가 만약 신라인이라면? 계백이 신라군을 막으려 황산벌로 가려면 그의 처자식을 없애야만 했겠다, 생각도 듭니다.

계백의 몸이 신라의 피가 반이라면! 오랫동안 품고 있던 의문이 풀리기 시작했습니다. 그럼에도 불구하고 [계백, 신을 만난 사나이]를 비롯한 세 권의 연작은 상상력의 산물인 소설일 뿐입니다. 재미로 보아주십시오. 고 맙습니다.

제목 글씨를 멋있게 써주신 백담 백종희 서예가님에게 감사드립니다. 이 책의 출간을 도와준 대학동창들, 장정우 변호사와 이엑스티(주) 송기용 대표에게도 감사드립니다.

2018. 8. 1. 홍남권

차 례

제1장

시공간 속으로

1. 양단책
2. 해골탑 청년 양이지
3. 수수께끼 같은 두 사람
4. 고구려의 어머니 평강
5. 죽는 것과 산다는 것

제2장

작은 사람들의 역사

6. 생매장
7. 벙어리 평성의 최후
8. 전쟁과 여자
9. 성문을 열다
10. 붉은 들판

제3장

이름으로 사는 사람들

11. 정
12. 토산을 보는 다른 시각
13. 하얀 비단
14. 그녀를 지워라

제 1 장

시공간 속으로

1. 양단책

645년. 백제 사비성에 있던 계백階伯은 밀서를 한 통 받았다. 당나라에 있는 그의 연락책이 보내온 것이었다. 계백이 밀서를 다급히 읽어 내려 갔다.

당나라 황제가 직접 말을 타고 앞장서 출정했습니다. 시루의 콩나물처 럼 빽빽하게 들판을 채웠던 군사들이 웅장한 북소리와 함께 움직였습니 다. 그 모양새가 천 년 묵은 구렁이가 똬리를 틀고 있다가 천천히 몸을 푸 는 것 같았습니다.

그런데 십오만이라 알려진 것과 달리 당나라군은 대략 오십만으로 추정 됩니다. 총관 급으로 보이는 인물이 쉰 명쯤 되기 때문입니다. 저명한 신 하들과 장군들, 돌궐, 철륵, 거란 등 여러 국가와 부족의 수장까지 참전했 으니 온 세상이 움직였다 해도 과언이 아니라 사료됩니다.

워낙 대군이다 보니 집결지를 하루에 다 출발하지 못했습니다. 남은 군 사들은 도열해 있던 그 자리에 막사를 설치하고 수천 개의 아궁이를 만들어 밥을 지었습니다. 닷새는 지나야 이 대군 모두가 출정을 완료할 것 같습니다.

계백이 밀서를 그의 심복인 타로駝露에게 건네주었다. 타로가 밀서를 읽은 뒤 화로에 넣어 불태웠다.

"사람들 입이 참 무섭습니다. 지지난해부터 당나라가 고구려를 공격할 거라는 소문이 돌지 않았습니까. 저는 저토록 많은 대군이 잘 상상되지 않습니다요."

궁궐을 향하던 계백이 타로를 뒤돌아보며 한마디 했다.

"곧 네 두 눈으로 그 대군을 직접 보게 될 것이다."

"직접? 그, 그 말씀은."

이미 재작년 봄부터 당나라가 고구려를 칠 것이란 소문이 자자했다. 작년엔 더 큰 전운이 감돌아 주변 약소국들은 당나라 아니면 고구려에 눈치 껏 줄서기를 해야만 했다. 올해는 전쟁이 터질 거라는 예측은 어쩌면 당연했다. 짐작은 하고 있었어도, 계백의 뒤를 따라가는 타로의 가슴은 두근거렸다. 이렇듯 국가의 명운을 건 대규모의 전쟁이 벌어질 것이라고는 상상하지 못했다. 당나라군만 오십만이었다. 하기는 이 정도의 대군은 동원해야 삼십만 강병을 보유한 고구려한테 덤빌 만했다.

주인공이 화려했다. 이세민은 영웅이었고 연개소문은 효웅이었다. 이 두 인걸의 대결은 한왕 유방과 초패왕 항우의 싸움보다 아슬아슬할 테고 할머니의 옛날이야기처럼 살살 녹을 것이었다. 누가 이길지 타로는 너무나 궁금했다. 아니, 타로만이 아니었다. 누구나 일생에 단 한 번뿐일 이 동서대전의 결말을 보고 싶어 할 것이다. 세상의 모든 이목이 당나라와 고구려의 국경으로 쏠릴 게 틀림없었다. 그들은 뜬 눈으로 날을 샐 것이다. 만리장성과 요하를 주시하며.

백제의 조정에서 계백은 다섯 가지 책략을 내놓았다. 최하책은 고구려가 당나라를 크게 이기게 하는 방책이었다. 백제와 국경을 맞대고 있는 고구려가 당나라보다 더 위협이 되기 때문이었다. 하책은 당나라가 손쉽게 고구려에 대승을 거두게 하는 것이었다. 당나라의 힘이 건재하면 곧바로 백제를 공격할지도 몰라서 위험했다. 중간 정도 되는 책략은 고구려가 큰 손실을 보면서 당나라를 물리치는 것이었고 상책은 당나라가 큰 피해를 입으면서 작은 승리를 거두는 것이었다. 최상책은 두 나라가 서로 힘이 다할 때까지 싸우다 비기게 하는 수였다. 하지만 계백은 내심 상책보다는 중간책의 결과를 바랐다. 고구려는 미우나 고우나 백제와 한겨레이기 때문이었다.

조회를 마치고 궁 밖으로 나오는 조정대신들 가운데서 타로가 계백을 찾았다. 수많은 왕족과 귀족들 사이에서 계백을 찾는 일은 하얀 눈밭에서 검정 토끼 찾기만큼 쉬웠다. 부여왕실의 피가 천 년의 세월 동안 이룬 결정체인 듯 계백은 기품이 넘쳐났다. 소년 때부터 문무 양쪽에서 뛰어나, 세인들은 백미 마량馬良도 계백보다 못했을 거라며 고개를 주억거리곤 했다.

곁으로 다가온 타로에게 계백이 조회 결과를 요약해주었다. 백제는 양단책을 구사하기로 결정했다. 당나라가 유리하다 싶으면 백제는 고구려를 적극적으로 돕고 고구려가 유리해지면 당나라를 적극적으로 도와 서로 비기게 할 작정이었다. 백제의 외교가 전황에 따라 유동적이라는 말에 타로가 말했다.

"말이 좋아 양단책이지 간에 붙었다 쓸개에 붙었다 하는 거잖습니까."

국력을 더 키울 때까지는 어쩔 수 없다며 계백이 고개를 끄덕였다. 강대국인 고구려와 당나라의 국력을 탕진시키는 것이 백제로서는 최선이었다. 막중한 사신의 임무를 부여받은 계백은 두 가지를 준비하였다. 하나는 당나라에 도움이 될 선물이었고 다른 하나는 고구려에 줄 선물이었다.

*

당나라 대군이 실타래에 감겨있던 실이 모두 풀린 듯 긴 대오를 이뤄 임유관을 통과했다. 무려 삼백오십 리나 되는 기다란 행렬이 요서 들판으로 뻗어나갔다. 오십만 대군의 사이사이에 화살과 군량을 실은 우마차와 수레들은 한 무리의 개미 떼와 비교할 수 없이 많았다. 인마는 대지를 뒤덮었고, 날이 선 창칼은 햇빛을 튕겨냈고 오색 깃발은 하늘을 가렸다. 이 행렬을 보고 농부들이 바지런히 손을 놀려야 할 시기에 일손을 놓았다.

"하이고야, 내가 태어나서 눈 뜬 후 이렇게 많은 사람은 처음 보네."

농부가 손가락으로 군사를 가리키며 세는 시늉을 했다.

"저게 도대체 몇 명이야. 백만 대군 백만 대군 듣기만 했는데 이게 진짜 백만 대군인가 보이."

다른 밭에서 일을 하던 사내들이 농부 곁으로 뛰어왔다.

"올해 농사도 영 그른 거 아니야. 수나라가 망한 뒤로 한동안 잠잠하다 했더니 또 싸움질하네. 빌어먹을! 이놈의 전쟁 때문에 못 살겠구먼. 그나 저나 이번에는 고구려를 이길까?"

"고구려를 이겨? 어떻게? 누가 어떻게 이겨?"

면박을 준 사내가 단언했다.

"수나라를 벌써 잊은 거야. 백만, 아니 이백만으로도 고구려한테 깨졌어. 황제만 살아 돌아와도 다행이지!"

다른 사내들도 빠질 수 없는 이야기라는 듯 끼어들어 한마디씩 보탰다.

"황제라고 목숨이 두 개인가? 아니 왜 하필 범 같은 고구려에 대드는 거 냐고. 수양제를 벌써 잊은 게야? 나라를 또 말아 먹겠다는 거야, 뭐야!"

"아냐, 당나라 황제가 싸움에서 지금까지 단 한 번도 진 적이 없다니, 혹시 또 알아?"

"그럼, 누가 이기는지 우리 내기할까?"

"예끼, 이 사람아! 내기는 무슨 내기. 그저 가뭄의 풀잎 같은 우리한테 불똥이 튀지 않기만 비세."

농부들의 전망처럼 진군하는 당나라군도 승리를 반신반의했다. 중원을 통일한 수나라가 백만 대군으로 자신 있게 도전했다가 채 반세기가 못 돼 멸망해버렸다. 그 밖의 자잘한 공격은 고구려라는 이름만 세상에 더 널리 날려주었을 뿐이었다. 고구려는 충격을 넘어서는 공포와 전율의 대상이었다. 오백 년 전 흉노와 한나라처럼 고구려가 형이었고 수와 당이 동생이었다.

작금에 절치부심 힘을 키운 뒤 당태종은 고구려에게 아우노릇을 하라고 강요했다. 고구려가 이를 거부하자 그는 굳게 닫혀있던 금단의 문, 만리장성 임유관의 문을 활짝 열어버렸다.

*

"돈."

"돈?"

"전쟁이 제일 큰 투전판이지. 게다가 당나라와 고구려의 싸움이니, 이보다 더 큰 판은 우리 생에 두 번 있긴 힘들어. 이럴 때 돈을 벌지 않으면 우리 같은 사내대장부가 언제 인생을 바꾸겠어.

그나저나 저 미친 것들! 고구려랑 붙겠다고. 더구나 이렇게 나팔 불어가면서 나 니들 잡으러 간다? 오십만 대군 가지고 웃기지 말라 그래. 이중절반은 죽고 나머지 반은 불구가 되고 그 반은 포로가 돼서 평생 고구려의 노예로 살걸. 이 전쟁은 말야, 황제가 열 받아 제 자존심 좀 세워 보겠다고 벌인 거야. 연개소문 때문에 우스갯거리가 좀 됐다고 머리가 잠시 돈거지. 고구려를 건드려? 차라리 한겨울 밤에 요동벌에서 굶주린 늑대 떼를 만나는 게 낫지. 저기 저 놈들 보이지?"

설인귀薛仁貴의 턱짓에 설계두薛罽頭가 시선을 돌렸다. 한 무리의 병사들이 끼리끼리 앉아 잡담을 하고 있었다. 그 일상적인 모습조차 꽤 거칠어 보이는 게 삶이 녹록하지 않았던 이들인 듯싶었다. 설인귀가 몸을 기울여 설계두에게 속삭였다.

"저놈들은 사형수 아님 적어도 중죄인들이야. 이 전쟁에 제대로 된 당나라 놈은 거의 없어. 당나라군에는 징병을 피하려는 놈들이 돈으로 매수한 자들이 많아. 아니면 빚 때문에 온 용병이던가. 멀쩡한 놈들은 고구려로 간다니까 지레 겁을 먹고 내뺐지. 결국 이번에 모인 병사들 상당수가 거의 저치들 같은 죄수 아니면 나 같은 외국인이지. 보아하니 자네도 당나라사람은 아닌 것 같고. 어딘가? 나는 거란출신인데."

"신라."

"뭐 신라? 고구려 저어기 저 아래 남쪽에 있다는 신라? 아니, 신라사람이 뭐하려고 당나라 병사로 전쟁에 나가? 돈? 여자? 그게 아니면 이참에 공을 세워 출세하겠다는 건데, 전공을 노리는 사람이랑 붙어 다니면 서로 곤란한데. 우정은 나누면 나눌수록 좋지만 전공은 나눠가지면 알량해지잖아."

설인귀의 목소리 너머 휘파람새가 지저귀는 것 같은 소리가 들려왔다. 명적이었다. 진중을 순찰하던 교위가 고꾸라졌다. 이어 세 방향에서 화살이 날아왔다. 장성을 벗어난 지 얼마 되지 않아 무방비상태로 늘어져있던 당나라군은 당황했다.

"기습이다!"

당나라군이 화살을 피한다며 불에 콩 튀듯 사방으로 뛰었다.

"대열을 갖춰라!"

장교들이 정신을 차리지 못하는 병사들을 독려하며 분주히 움직였다. 우마차에 가까이 있던 설계두와 설인귀는 땅바닥에 엎드렸다. 화살 가운데 특히 불화살은 군량을 실은 우마차를 겨냥해 날아오고 있었다. 짐에 불이 붙어 환해지자 설계두와 설인귀는 목표물이 되기 쉬웠다. 자리를 피하려 일어난 설인귀의 왼쪽에 있던 어떤 병사가 불화살에 맞아 뒹굴었다. 웬기운에 섬뜩해진 설인귀는 화살이 자신을 향해 날아오고 있음을 직감했다. 머릿속이 하얘지는 순간 탱탱 묘한 소리가 났다. 설인귀가 곁눈질을 하니 설계두가 솥을 방패삼아 날아오는 화살을 막고 있었다.

설계두의 모습을 보고 당나라군이 솥과 방패로 제 몸과 우마차를 보호하기 시작했다. 당나라군이 어느 정도 전열을 갖추자 약속이라도 한 듯 쏟아지던 화살이 그쳤다. 정신을 차리자 불과 수십밖에 되지 않는 고구려 기병이 눈에 보였다.

"대가리 처박고 엉덩이 치켜드는 게 딱 닭이 하는 짓이다!"

"당나라 아가들아! 가 엄마 젖 떼고 와라!"

야유와 비웃음을 남기고 고구려 경기병들이 멀어져갔다.

"야, 이 개새끼들아, 어딜 도망가. 한판 제대로 붙어."

한바탕 욕설을 퍼부은 사람은 설인귀였다. 그와 동시에 설계두가 벌떡 일어나 활을 쏘았다. 그 단 한 발의 화살이 퇴각하는 후미의 고구려군을 말에서 떨어뜨렸다. 당나라군 사이에서 탄성이 터져 나왔다.

고구려군의 습격 소식을 듣고 피해현황을 파악하러 온 장교가 설계두에게 다가왔다.

"훌륭한 활 솜씨다. 너를 황제폐하가 계신 본진에 배속한다."

순간 설인귀가 장교의 팔을 잡고 늘어졌다. 장교가 잡힌 팔을 내려다보자, 설인귀가 웃으면서 손가락으로 자신과 설계두를 가리켰다.

"제 형님입니다. 설계두, 저 설인귀. 태어나서 지금까지 우리 둘이 서로 떨어진 적이 단 한 번도 없습니다. 그러니까 꼭 함께 가야 합니다!"

장교가 설계두와 닮은 구석이 없는 설인귀를 미심쩍게 바라보았다. 그래도 둘이 같은 성씨라 설계두에게 물어보았다.

"형제가 맞는가?"

설인귀가 눈을 찔끔거리자 설계두가 큰소리로 대답했다.

"예. 제 동생입니다."

얼떨결에 설인귀를 의형제로 받아들인 설계두는 몰랐다. 설인귀와 그의 운명이 바뀌리라는 것을. 설인귀 또한 그 운명의 순간이 닥칠 것을 짐작도 못했다.

본진으로 이동하던 도중 설인귀가 설계두에게 말했다.

"난 뭐 본진에 배속되면 교위 자리 하나 내어줄 줄 알았는데, 장군들 밥 짓는 거나 황제 밥 짓는 거나 무슨 차이가 있냐고. 아니지, 본진이 훨씬 더 일이 빡 셀 거야. 이럴 줄 알았으면 그냥 가만있는 건데."

"선발대로 보내 달라 할까? 네가 원하는 출세, 여자, 콩고물을 얻으려면 선발대가 훨씬 나을 듯싶은데."

설인귀가 설계두를 째려보았다.

"미쳤어? 요하를 건너기 전에 선봉부대라니. 계두형, 난 사막이 보이는 대초원에서 놀던 사람이야. 나는 진짜 물을 싫어해. 물고기 밥이 되는 건 더더욱 싫어."

설인귀는 본진으로 향하는 발걸음을 서둘렀고, 설계두는 그런 설인귀의 잰 발걸음에 미소를 지었다.

*

요동성은 높이가 열다섯 장이나 되는 우람한 성이었다. 외국인들에게 고구려의 힘을 한눈에 알 수 있게 해줘, 고구려의 상징 중 하나로 손꼽혔다. 높이로는 고구려 제일 아니, 천하제일 성이라 해도 무방했다. 이 요동성을 당태종은 본보기로 삼기로 결심했다. 칼 좀 쓴다고 해서 대총관으로 삼은 이세적李世勣이 요동성을 공격한 지 열흘이 되도록 아무 성과를 못 내서였다. 당태종이 하명하였다.

"가라! 요동성을 망령의 성으로 만들라. 사람은 물론 그 어떤 생명체도 살려두지 말라. 가서 놈들의 피로 바다를 이루어라. 고구려 놈들은 물론이려니와 천하가 요동성을 떠올리면 소름이 돋게 하라. 공포에 질려, 우리 당나라의 이름만으로도 창과 칼을 들지 못하게 하라. 짐의 앞길을 막으면 어찌 되는지 똑똑히 보여주어라.

가장 먼저 입성하여 저 흉악한 고구려의 가슴에 당나라의 깃발을 꽂는 자에게 황금을 내릴 것이다. 요동성은 약탈을 허락한다. 물건들과 여자들을 갖고 싶은 만큼 가져가도 좋다. 지금부터 딱 열흘의 시간을 준다. 늦어질수록 너희들이 차지할 전리품은 줄어들 것이다. 가라! 천군들아!"

당태종의 명령에 공개적으로 장손무기가 우려를 드러냈다.

"황상, 요동성은 과거 수양제가 백만의 군사를 동원해 백 겹으로 포위했어도 끝끝내 함락시키지 못한 철옹성입니다. 또한 적을 죽이는 분노는 오히려 독이 될 수도 있습니다."

당태종은 고집을 꺾지 않았다. 눈앞에서 황금으로 병사들을 유인하고 뒤로 물러서는 병사는 참수해 그 결의를 보였다. 목숨이 아까운 자는 살기 위해서, 황금을 좇아 전쟁에 나온 이들은 황제의 보상을 바라며 전진했다.

요동성이 함락되자, 약탈할 권한을 얻은 병사들의 칼에 무고한 백성들의 목이 잘리고 간이 도려내졌다. 집에서도 거리에서도 여인들은 옷이 찢겨지고 유린당했다. 요동성을 지상에서 소멸시킬 듯 솟아오른 불길과 연기가 이십 리 밖에서도 보였다. 무려 일만 명이 넘는 사람들이 화마에 타 죽었다. 세상에 있는 모든 까마귀와 독수리가 요동성으로 몰려든 것 같았다. 불을 지른 병사들도 고개를 돌렸다. 코를 막았어도 뱃속에서 올라오는 역겨움을 견디지 못하고 배 속에 들어있는 것을 토해냈다.

화상을 입은 사람들의 비명소리가 그치지 않았다. 부모형제를 잃고 우는 아이들의 울음소리가 성의 내벽을 타고 메아리쳤다. 태양도 구름으로 시선을 가릴 처참한 광경이었다. 사나운 불길을 잠재우고 잔불을 진화한 것은 백성들이 흘린 눈물이었다.

요동성이 함락되자 당나라 진영은 신하들과 장군들이 서로서로 축하를 나누는 웃음바다가 되었다. 단 한 사람, 당태종은 웃지 않았다.

"이제 고작 성 하나 차지했구나."

이 말만 하고 당태종이 막사로 들어가자 그의 사위 아사나사이阿史那社爾가 큰소리로 외쳤다.

"폐하! 폐하야말로 진정 하늘에서 내린 천책상장임을 이제 고구려도 알 겁니다! 죄다 황상의 공입니다. 역시 황상이십니다!"

당태종이 막사 밖으로 모습을 드러냈다. 그는 당나라군의 환호성을 그치게 할 군령을 내렸다.

"요하에 두고 온 배다리를 비롯한 도하장비를 모두 불태워라. 연개소문과 고구려를 발아래 꿇리기 전에는 돌아가지 않으리라. 내가 아니면 훗날 그 누가 있어 고구려를 이기겠는가."

도하장비를 불태우는 것은 등 뒤에 보이지 않는 강으로 배수진을 친 셈이었다. 정복자로서 개선하지 못한다면 당나라군의 운명은 죽음 아니면 고구려의 포로였다. 당나라군은 당태종의 명령대로 배다리에 불을 질렀다. 곧 평양성을 향해 파죽지세로 쳐들어갈 당나라군은 매번 고구려에게 당하던 오합지졸이 아니었다. 해일까지 몰고 올 태풍이었고 당태종은 그 태풍 한복판에 자리한 암운의 눈이었다. 목숨을 건 당태종을 보고 고구려인은 오랜만에 두려움을 느꼈다.

요동성 함락의 여파는 활화산 개마산의 진동처럼 고구려 땅을 뒤흔들었다. 요동성이 불탄 뒤 약 보름 동안 당나라군의 진군은 거칠 것이 없었다. 상승세를 탄 당나라군의 기세에 십여 개의 고구려 성이 함락되었다. 심지어 백암성은 스스로 백기를 성루에 걸고 항복해버렸다. 세 면이 낭떠러지나 다름없어 천연의 요새라 불리는 백암성이었다. 이러한 백암성이, 고구려의 성이 싸우지도 않고 항복한다는 것은 당태종이 등장하기 전엔 상상도 할 수 없는 일이었다.

싸우다가 항복하는 것과 항전도 않고 항복하는 것은 차이가 컸다. 더구나 전쟁에서 지는 것조차 고구려에서는 중대한 죄였다. 만약 당나라 군대가 패퇴한다면 저항하지도 않고 항복한 성주가 받을 형벌은 사형 말고는 없었다. 그러한데도 백암성 성주 손대음과 그 관원들이 항복한 것은 요동성 함락에 커다란 충격을 받아서였다.

요동성을 함락시키고 백암성에서 항복을 받은 것은 당태종이 두 마리 토끼를 한꺼번에 잡은 것이나 진배없었다. 이세민이라는 이름은 고구려의 천년신화를 파괴하기에 충분해 보였다.

여름햇살이 대지를 파랗게 채색하는 듯했다. 끝이 보이지 않는 지평선에 여름의 기운을 받은 농작물들이 부쩍 자라났다. 태초의 모습인 듯 평화로운 여름 풍경이었으나, 농부들의 가슴은 들려오는 전쟁 소식에 편치 못하였다.

"요동성이 아주 작살이 났다며? 까마귀들이 요동성에 몰려들어 멀쩡한 시신이 하나도 없다대."

"불에 타죽은 사람은 그렇다 치고, 산 사람의 생간을 회쳐 먹고 갓난아기는 통째로 삶아 먹었다고도 하던걸. 말세야, 말세."

"여자들은 귀족, 평민, 노비, 신분과 노소를 가리지 않고 겁간을 당했는데, 당나라 놈들이 그것으로도 모자라 돌아가며 겁간을 했다니."

얘기를 하는 것조차 속이 불편한지 하나 둘, 일손을 놓았다.

"백암성 성주가 당태종에게 스스로 성을 바쳤다더군."

"반대하는 관리들이 더 많았고, 백성들도 다수가 당나라에게 무릎을 꿇느니 차라리 싸우다 죽자고 했는데, 성주가 저 살겠다고 백기를 들었다대. 백성들이 아무리 반대하면 뭐하나. 성주가 성문을 열어 주면 이미 끝난 일이지."

"뭐, 그래도 덕분에 백암성 백성들은 요동성 같은 참상은 피하질 않았나."

한 남자가 이리 말하자, 주변 사람들의 매서운 눈길이 그에게 쏠렸다.

"이봐, 자네 그 말은 뭔가. 그러니까 살자고 우리도 그래야 한다는 거야 뭐야."

"아니 그러자는 게 아니라, 솔직히 우리 같은 백성들이야 나라가 바뀐다 한들 뭐가 크게 달라지나? 살기 좀 덜 팍팍하고 더 팍팍하고 차이지. 큰 탈 없이 살다가 가는 게 제일이다 이 말이지."

그 앞에 있던 다른 사내가 불끈 그의 멱살을 잡았다.

"야 이놈아! 네가 그러고도 고구려 백성이야? 이 안시의 백성이냐고. 나라가 바뀐다 한들 뭐가 달라지냐고? 왜 안 달라져. 달라져도 크게 달라지지. 어느 성에 사느냐에 따라서도 이렇게 다른데. 요동성 백성도, 백암성 백성도, 평양성 백성도! 이백 개가 넘는 고구려 성의 백성들이 우리 안시성을 부러워하는 이유가 뭔데. 바로 우리들의 공주님, 성주님 때문 아냐. 백성들을 다스리는 성주에 따라 백성들 삶이 얼마나 달라지는데.

더구나 우리 겨레야. 우리들의 고구려라고. 우리 겨레가 다른 나라 사람들한테 대접받는 까닭을 몰라? 대고구려 백성이니까, 천하를 호령하는 나라의 백성이니까 대접을 받는 거야. 세상 어느 나라, 어떤 부족들한테도 무시당하지 않고 큰소리치면서 사는 거라고!

망국 백성들의 비참한 말로를 몰라 그런 말을 해. 남자는 노예, 여자는 첩이나 유녀로 전락해버려. 우리 후손은 광개토태왕과 온달장군의 무용담을 잊을 것이고, 당나라의 옷을 입고 당나라의 말을 하고 그 노래를 부를 것이야. 우리 애들이 당나라 귀족의 말잡이가 되고 당나라군의 말몰이꾼이 된다고! 뚫린 입이라고 지금 그걸 말이라고 뱉어? 그래, 이참에 호적 파서 당나라로 가라 이놈아! 개가 돼 당나라 놈들 똥구멍이나 핥으며 평생 살아라. 이놈아!"

2. 해골탑 청년 양이지

백제왕의 밀명을 받은 사신 계백의 행보는 수상쩍었다. 북쪽 요동이 아닌 고구려 남쪽 지성을 먼저 들른 것이었다. 계백은 되도록 눈에 띄지 않고 지성 안으로 들어가려 일부러 별과 달에 시간을 맞췄다. 꽃이 피어나는 계절이었지만 밤공기는 쌀쌀맞았다. 고구려와 당나라 사이에서 줄타기 외교를 해야 하는 계백의 심정처럼 가랑비가 오락가락하였다. 계백은 준비한 두 개의 선물 중 어떤 선물을 고구려에 줄 것인지 결정하지 않은 상태였다.

비에 젖은 몸으로 도착한 계백은 곧바로 욕살 연정토의 내실로 안내되었다. 화롯불의 열기에 비에 젖은 옷에서 모락모락 김이 올라왔다. 시녀가 뜨거운 차와 가벼운 요깃거리를 가져다 놓았다. 찻잔 뚜껑을 열자자 실내에 쑥 향이 퍼졌다. 계백은 차 한 잔으로 스산한 마음속을 데웠다. 계백이 타로에게 말했다.

"고구려 갑비고차 섬에서 나는 진귀한 쑥이다. 그 섬에서 나는 무는 인

삼과 같은 맛도 있으니, 섬의 토질이 다른 지역과 다르고 바닷바람의 영향도 받아서일 거다. 차 한 잔 마시면서 긴장을 좀 풀도록 해라."

타로가 차 한 모금을 들이켰다. 연정토를 기다리면서 타로는 계백이 언젠가 그에게 말했던 내용을 떠올렸다. 고구려 연개소문이 삼한에서 으뜸가는 위인이고 그에 버금가는 인물이 백제의 사택소명, 세 번째가 연개소문의 동생 연정토, 네 번째가 계백의 친척 귀실복신, 다섯 번째 인물이 신라의 김유신이라 하였다. 하지만 타로는 그의 주군 계백이 세상에서 제일 잘난 인물이라 믿었다.

문이 열리더니 성큼성큼 한 남자가 다가왔다. 청색 두건을 쓴 평복차림이지만 걸음걸이가 예사롭지 않았다. 그의 걸음걸이는 흡사 먹잇감을 노리는 맹수 같이 언제든 튀어오를 것처럼 보였다. 더구나 그는 키가 큰 편인 계백보다 얼추 반 뼘은 더 컸다. 크고 둥근 얼굴에 상대에게 위압감을 주는 인상이었다. 그런데 이 얼굴은 계백이 어디선가 본 듯한 얼굴이었다. 계백은 커다란 얼굴에 긴 수염이 인상적이었던 연개소문의 얼굴을 기억해냈다. 연정토는 쌍둥이가 아닌데도 형 연개소문과 쌍둥이처럼 닮아 있었다. 계백이 기억을 더듬는 동안 삼십 세 안팎의 젊은 그가 입을 열었다.

"연정토라 하오."

형이 대막리지인 덕분에 젊은 연정토가 고구려 남부를 맡아 책임지고 있었다. 계백이 잠시 연정토를 바라보다 그가 내민 손을 맞잡았다.

"계백입니다."

연정토가 계백의 얼굴을 쳐다보며 손짓으로 그에게 자리를 권했다.

고구려는 당나라와 명운을 건 승부를 벌이고 있었고 오늘의 회담으로 백제와 고구려의 국운 또한 달라질 것이었다. 계백은 연정토에게 백제가 고구려의 동맹국이라는 믿음과 이익을 줘야했다. 백제의 양단책을 숨기면서. 자칫하면 이 자리에서 계백의 목이 날아갈 수도 있었다. 연정토의 음성에 가려져 있는 고구려 무사들의 기운이 이 자리가 사생결단의 자리임을 뒷받침했다. 계백은 서두르지 않고 차의 향기에 매료된 듯 차를 더 달라며 여유를 부렸다. 고구려에게도 백제의 원조가 필요한 상황이었다. 연정토가 말했다.

"단순히 순망치한 때문에 백제가 고구려를 돕겠다는 것은 아닐 거라 생각합니다. 전쟁이 끝난 뒤 백제는 어떤 이득을 바라십니까?"

"군사에는 식언이 있을 수 없고 외교에는 책임이 따릅니다. 그것을 대막리지가 아닌 욕살님께서 확약해주실 수 있으십니까?"

"이 전쟁의 빌미가 제 형님께 있다는 책망으로 들리는군요."

"책망은 아닙니다. 하지만 소문일지언정 그 소문을 당나라가 이용하고 있는 건 사실이니까요."

연개소문이 말에 올라탈 때 사람의 등을 발판으로 삼았는데, 그 자가 옛 수나라의 장군이라는 소문이었다. 수나라장군의 등을 밟는 것은 당나라도 수나라처럼 밟아버리겠다는 연고소문의 경고였다. 또한 연개소문이 수나라 포로들을 동원해 천리장성을 쌓은 일도 당태종의 심기를 불편하게 하였다. 수나라사람이 곧 당나라사람이었고 수나라 황실과 당나라 황실은 친인척이었다. 수나라가 망하고 당나라가 건국되었으나 명패만 바꾼 셈이었다. 연개소문의 처사에 자존심이 상한 당태종은 이 소문을 활용하여 당나라 백성들의 분노를 이끌어내려 했다. 그런데 이 소문은 양날의 검과 같았다. 당나라사람들은 분개했지만, 고구려를 비롯한 타국인에게는 고구려의 기상을 드높여주는 일이었다.

고구려에는 수십만의 수나라 전쟁포로출신 고구려인이 있었다. 수나라로 돌아가라고 포로들을 풀어줬는데도 새로운 삶을 살겠다며 고구려 땅에 남은 사람들이었다. 그러한 이들에게 연개소문이 천리장성을 쌓게 한데에는 이유가 있었다. 그들을 완전히 믿지 못해서였다. 연개소문은 그들에게 천리장성을 쌓아 애국심을 보여줘야 고구려 백성으로 인정하겠다고 했다. 반면 안시성의 평강공주는 이 땅에서 살겠다며 기꺼이 눌러앉은 사람들이 어찌 고구려인이 아니겠냐며 그들을 포용했다. 수나라포로출신 고구려인의 동향은 이 전쟁의 승부에 영향을 끼칠 또 하나의 변수였다. 연정토가 말했다.

"작금의 전황이 어떤지는 잘 아실 것입니다."

연정토의 낯빛이 진지해지자 계백이 찻잔을 내려놓았다.

"당나라군이 제 예상보다 쉽게 요하를 돌파했습니다. 고구려는 이세적이 요하 상류로 도하할 가능성을 염두에 두지 못했던가요? 그런 거 하나 예측 못할 고구려가 아니라고 믿습니다만."

계백의 핀잔에 연정토는 순간 기운이 빠졌다. 아슬아슬한 고비를 넘겼다고 생각한 계백은 어디선가 제 몸의 긴장을 푸는 호위무사의 기운을 느꼈다. 연정토가 말했다.

"당태종이 정공법을 택했다고 섣불리 판단하다 보니 그들이 요하를 우회하는 전술은 못 보고 말았습니다. 관성이란 무서운 것이더군요. 혹시 우리 고구려가 놓치고 있는 것, 못 보고 있는 것이 더 있습니까?"

"잠시 원점에서부터 이 전쟁을 바라봅시다. 만의 하나라도 고구려가 붕괴되면 당나라가 향후 다른 나라들로부터 얻을 이득은 상상을 초월합니다. 주변국들은 군소리 없이 알아서 당나라의 신하노릇을 할 터이고, 중화족과 사방오랑캐라는 그들의 관념이 세상을 지배할 것입니다. 당태종은 진시황과 한무제를 뛰어넘어 역사 속 신화로 추앙받을 겁니다. 이러한 마당에 중립이 무슨 의미가 있겠습니까.

고구려가 없으면 당나라의 다음 상대는 누구입니까. 우리 백제에겐 작은집 격인 왜국이라도 있지만, 신라는 혼자서 당나라의 상대가 되겠습니까. 제가 인정하든 말든 고구려는 대륙에 자리 잡은 천년왕국이잖습니까. 고구려 인구의 일곱 배나 되는 사천만 인구의 중원으로 영토를 넓혀간 강대국 아닙니까."

"우리 고구려가 당나라를 이기면요?"

"균형과 안정입니다. 전쟁터가 된 고구려엔 곧바로 반격해서 당나라를 멸망시킬 힘은 없습니다. 게다가 돌궐과 토욕혼 등 한때 고구려의 우방이었던 나라들의 지원도 기대하기 힘들기 때문입니다. 우방국 없이 고구려 단독으로 천하의 패권을 갖는 건 어렵습니다. 고구려의 힘에 우리 백제의 힘을 더한다면 얘기가 달라지겠지만."

"고구려의 힘에 백제의 힘을 더한다? 아니, 그 얘긴."

"연정토 욕살, 그 이야기는 이 전쟁을 고구려의 승리로 이끈 다음에 하십시다."

계백과 연정토 둘 사이에 잠시 침묵이 흘렀다. 백제가 요서와 산동을 바탕으로 대륙으로 뻗어나가는 데엔 걸림돌이 있었다. 배후에 있는 신라였다. 그 신라를 통합해야만 하는데 신라와의 전선에 전력을 기울이는 게 쉽지 않았다. 백제가 서쪽 대륙과 남쪽 섬으로 세력을 확장한 것은 장점인 동시에 힘이 분산됐다는 단점이었다. 신라와 왜국을 완전히 통합하여 고구려와 일대일 맞장 구도를 조성하는 게 백제 대외정책의 기본임을 계백은 상기했다. 계백이 입을 열었다.

"제 판단으론 이 전쟁의 핵심이자 벼리는 이세민이라는 사람입니다. 승부의 관건은 그 한 사람의 자존심입니다. 일인자라는 자부심 때문에 그는 모든 것을 걸 겁니다. 그런데 모든 것을 거는 자존심싸움은 보통 이성을 흐리게 만듭니다."

"그렇지요. 자존심싸움은 차라리 같이 죽을지언정 지지는 않겠다는 오기로 하는 것이지요."

"고구려를 적극적으로 돕겠습니다."

"어떻게요?"

"역사를 되돌아보면 알 수 있듯, 인내하는 분노는 분노로 끝나지 않고 와신상담처럼 역전의, 대반전의 역사를 쓰기도 합니다. 지금 고구려가 불리하니까 고구려를 돕는 것입니다. 솔직히 말씀드리면 처음엔 당나라를 도우려 했습니다. 당나라보다는 국경을 맞댄 고구려가 백제에 더 직접적인 위험이기 때문입니다. 제가, 이 계백이 요동으로 가서 이세민의 그 자존심을 긁어놓겠습니다."

"그의 이성과 판단력을 흐려놓겠다는 것이군요."

"저는 이 전쟁을 요동벌에서 수성을 하며 당나라군의 진격을 늦추는 방향으로 끌고 가려합니다. 지필묵을 좀 내어주십시오."

연정토의 명령에 대령하던 시종들이 지필묵을 차려놓고 물러섰다. 계백이 말했다.

"제가 수성의 장소로 선정한 곳을 맞춰보십시오."

계백과 연정토가 빠르게 글을 써내려갔다. 그리고 서로 교환했다. 연정토와 계백이 서로 바꾸었던 종이를 탁자 위에 펼쳐놓았다. 종이에 쓰여 있는 것은 단 세 글자였다. 안시성, 둘은 서로의 생각을 확인하고는 잠시 침묵했다. 화롯불의 장작이 일렁이는 불길 속에서 가끔 제 몸을 사르는 소리를 냈다.

이 짧은 고요가 타로는 참 길다고 느꼈다. 그는 안시성에서의 농성으로 이 전쟁을 장기전으로 끌고 가겠다는 계백의 의중을 비로소 알았다. 그런데 군대의 진로와 전장은 당나라 황제가 결정하는 일이었다. 어떻게 안시성에서 싸우게끔 만들겠다는 것인지 도무지 모를 일이었다. 연정토는 또 어찌 안시성이라 추측했는지 타로는 궁금했다. 계백이 말했다.

"안시성에는 고구려를 상징하는 세 가지가 있습니다. 첫째는 안시성이 옛 조선의 신시 가운데 하나였다는 자부심, 둘째는 동명성왕의 사당과 그분이 사용하시던 활이 있다는 것, 마지막은."

연정토가 계백의 말을 잘랐다.

"고구려의 어머니인 평강공주님이 계신다는 것이겠지요. 그리고 왕자께서는 그 점을 우려하는 것이겠죠. 제 형님과 평강공주님의 사이가 나쁘다는 것을 알고 있을 테니까. 그 두 분의 자존심을 꺾는 것은 하늘에 있는 별을 따는 거보다 어렵습니다."

"욕살님과 저의 생각은 맞물려 있는 조개껍데기인 듯 일치합니다. 하지만 고구려라는 수레의 두 바퀴에 해당하는 평강공주와 연개소문 막리지는 동시에 구르지 못하고 삐걱거리고 있습니다. 그런데 연개소문 대막리지께서 안시성을 공격했을 정도로 평강공주를 미워하는 이유가 무엇인지요?"

"형님은 여성이 정치에 관여하는 걸 싫어하십니다. 더구나 평강은 제 형님이 견제할 만큼 만만치 않은 여자이기 때문이지요."

평강은 고구려태왕의 고모였다. 제아무리 연개소문이 실권자였어도 명예는 평강에게 더 있었다. 허탈한 듯 쓴웃음을 보이던 연정토가 돌연 정색을 했다.

"그런데 백제가 동맹국이라는 왕자님 말만으론 뭔가 부족하다고 생각하지 않습니까?"

올 게 왔다는 듯 계백이 즉답을 했다.

"사내의 푸른 꿈과 붉은 마음은 숨이 끊어질 때까지 가는 것 아니겠습니까."

"세상이 어수선할수록 믿음이란 놈은 녹슨 칼보다도 못하지요."

"백제가 고구려의 동맹국이라는 증표로 오천 명의 백제 군사, 오천솔을 그대에게 맡기겠습니다. 그들에게 고구려군 갑옷을 입혀 요동성과 안시성 사이에 대기시켜 두십시오."

계백이 그의 사병 오천솔을 맡긴다고 하자 연정토가 고개를 끄덕였다. 이것으로 회담은 일단락됐고 이 회담이 끝나자마자 계백은 움직여야 했다. 연정토가 말했다.

"그럼, 다음에 또 뵙겠습니다. 계백왕자님."

지성 밖으로 나온 계백은 밤길을 서둘렀다. 추적추적 내리는 빗속에서 계백이 봄나들이 가는 어린아이마냥 즐거운 기색을 보였다. 타로가 말했다.

"요동으로 꽃구경 가십니까?"

"그렇다."

"그래서 발걸음이 흥에 겨운 춤 마냥 가볍습니까. 미치셨습니까? 죽을 것이 너무 자명하여 도셨습니까?"

제 주군을 걱정하는 마음이 앞선 타로가 당돌해졌다. 그러한 타로의 심사를 알면서 계백은 딴소리를 했다.

"우리가 안시성을 다시 찾는 게 얼마만이지?"

"알면서 왜 물으십니까."

타로가 마지못해 타박하듯 답했다.

"구 년이지. 두고 온 귀고리와 한 떨기 야생화가, 그 세월동안 어떤 인연으로 자랐을까. 상상이란 게 사람을 이처럼 들뜨게 하는 것이었구나."

계백을 따라 안시성으로 발길을 옮기면서도 타로는 왜 안시성으로 가야하는지 여전히 알쏭달쏭했다. 고구려 요동에서 제일 큰 성은 요동성이었다. 해서 타로가 보기엔 그 요동성이 전략적으로 제일 중요한 곳인 것 같았다. 하지만 계백은 요동성이 아닌 안시성으로 방향을 잡았다. 타로는 계백이 안시성을 이 전쟁의 승부처라 판단하는 이유를 지난날의 기억 속에서 찾아보았다.

문득 타로는 안시성에 부속된 은성을 떠올렸다. 은성은 산 전체가 은 덩

어리라는 은산의 광물을 관할하는 작은 성이었다. 광산에는 사람들이 몰려들었고, 수많은 광부들이 먹고 마시고 놀 수 있는 가게들이 성행했다. 민가에서 키우는 개는 은 목줄을 차고, 들개는 은전을 입에 물고 다닌다는 소문의 근원지가 은성이었다.

계백이 안시성을 찾아가는 까닭은 성주의 재력, 얼마든지 군자금으로 쓸 수 있는 은 때문일지도 몰랐다. 해답을 찾았다는 듯 타로가 고개를 주억거렸다.

"평강, 그 할망구가 아직도 살아있을까요?"

안시성 성주가 은성까지 소유한 것은 그녀의 할머니 평강공주 덕분이었다. 계백이 말했다.

"고구려가 부고를 보내지 않았으니 아직 살아 있을 게다. 고구려의 어머니라 불리는 그녀가 아니더냐."

과거 속으로 가 있는 듯한 계백을 현실로 데려다 놓은 것은 호위무사 가비류哥沸流의 등장이었다. 아니, 호위무사가 가져온 서신에 담긴 요동성이 함락됐다는 전황 보고였다. 소리 없이 계백의 호위무사가 빗줄기 속으로 사라져갔다.

요동성이 함락됐으니 전세가 당나라 쪽으로 기운 것은 명백했다. 급변한 전황에 고구려 편에 섰던 계백에게 내일의 태양은 없는 듯싶었다. 지금이라도 고구려를 버리고 백제가 당나라 편이라는 것을 당태종에게 확실히 보여주는 게 낫지 않느냐고 타로가 제 생각을 계백에게 넌지시 말했다. 타로에게 대꾸도 하지 않고 계백은 앞장섰다. 타로가 잰 걸음으로 계백을 쫓아가며 조금만 더 생각해보라고 졸라댔다.

타로가 계백에게 말하였다.

"아고고. 이제 그만 쉬는 게 어떻겠습니까? 말도 좀 쉬어야 하지 않겠습니까요."

힘든 것보다 더 타로는 엄살을 부렸다. 전쟁 중이니 국경을 넘나드는 당나라 첩자들과 그들을 쫓는 고구려군이 사방에 깔려있을 터였다. 밤이 깊어질수록 길을 재촉하는 것은 위험했다. 계백이 말고삐를 당겼다. 두어 걸음 늦게 멈춰선 타로가 계백을 쳐다보았다.

그런데 계백의 손이 칼집을 잡고 있었다. 타로는 가까이에서 멀리 사방을 두리번거려보았다. 이어 귀를 기울여봤으나 아무런 인기척이 느껴지지 않았다. 어디에선가 계백을 지켜보고 있을 호위무사의 신호도 없었다. 호위무사가 모습을 드러내지 않았으니 별 이상이 없을 터였다. 계백이 막중한 임무를 맡아 예민해진 것이라 타로는 짐작했다. 하지만 타로는 딴소리를 했다.

"오늘도 노숙입니다요."

칼집에서 손을 뗀 계백이 타로에게 말했다.

"잘 만한 곳을 찾아보자."

말에서 내려 잠자리를 고르던 타로가 고개를 갸우뚱했다.

"어라, 여기에 있는 풀은 시들시들하니 생기가 없습니다요. 군데군데 끈적거리는 시커먼 흙에 역겨운 냄새도 납니다. 아까 이 냄새 때문에 멈추신 거였습니까요?"

계백이 말에서 내려 손으로 흙을 만져보았다.

"설마, 석칠의 역청인가. 정녕 불타는 검은 물인가."

잠시 멍했던 타로가 되물었다.

"물이 어떻게 검습니까요. 게다가 물이 어떻게 불에 탄다는 말인지 저는 통 모르겠습니다요."

"이 역청을 서역에서는 배를 만들 때 방수제로 쓴다. 그런데 작은 불씨에도 석칠은 불이 크게 일어나는 특성도 있다."

타로가 역청을 들여다보는 동안 계백이 발걸음을 옮겼다.

"네가 잠자리를 만드는 동안 나는 사냥이나 실컷 해야겠다."

계백이 사냥을 하겠다는 말은 타로가 잠자리를 만드는 동안 저녁거리는 그가 해결하겠다는 거였다. 타로는 하잘 것 없는 시종을 같은 사람으로 대해주는 왕족을 계백 말고는 본 적이 없었다. 계백은 늘 말해왔다. 백성이 잘사는 나라가 좋은 나라라고, 가난한 백성이 없어야 나라가 튼튼해지는 것이라고, 그들을 행복으로 이끌어주는 것이 바로 제왕이 해야 할 일이라고.

그래서 타로는 계백을 주군으로 모시는 것을 진정 광영으로 여겼다. 하지만 왕가의 시종집안에서 태어난 타로는 뼛속까지 느끼고 있었다. 다른 왕족과 귀족들은 계백과 다르다는 것을. 그들은 왕족과 귀족만이 사람이고, 이 땅은 당연히 그들만 사람답게 살아야 하는 세상이라는 듯 굴었다. 해서 문득 문득 타로는 꿈을 꾸었다. 계백이 저 영원히 타오를 불꽃같은 왕관을 쓰고 인간세상의 대왕이 되는 꿈을.

다음날 아침 한뎃잠에서 깨어나 눈을 비비던 타로의 입에서 비명이 터졌다. 드넓은 요동벌을 깨우고도 남을 만큼 큰 괴성이었다. 타로의 눈앞에 우두커니 서 있는 거대한 해골탑 탓이었다. 탑은 수십 장 높이에 원뿔모양 으로, 그 높이나 넓이로 봐서 적어도 만 명의 인골은 될 것 같았다. 타로의 비명소리에 계백도 잠에서 깨어났다. 해골탑의 정체를 익히 알고 있던 계 백도 놀라기는 매한가지였다.

수나라와의 전쟁에서 승리한 고구려는 그 기념탑으로 적의 시체를 산더 미처럼 쌓아올렸다. 이 승전기념탑을 고구려인은 경관이라 칭했다. 경관 은 그 높이만큼이나 높은 고구려의 자부심이었고 막강한 힘의 상징이었 다. 고구려의 적에게는 고구려 땅을 넘보지 말라는 경고였다. 당태종 이 세민은 이 경관을 허물라고 하였고 안시성의 하루성주는 이를 거부하고 있었다.

느릿느릿 해골탑 안에서 산 사람 하나가 걸어 나왔다. 타로가 그의 정체 를 묻자 그는 어이없어 했다.

"그러는 너는 누구냐? 나그네가 집주인의 단잠을 방해했으니 너의 정체 부터 밝히는 것이 도리 아닌가?"

불현듯 나타난 그의 정체가 자못 궁금했는지 계백이 백제에서 온 사신 이라고 순순히 자신의 신분을 밝혔다. 계백의 차림새를 살피던 그가 입 을 열었다.

"내 성은 양楊, 이름은 이지夷地, 나이는 스물일곱이오."

양이지라는 청년은 지난날 수나라 황족이었던 양씨였다. 몰락하긴 했지 만 황족이 이런 곳에서 살 리 없다는 데 생각이 미친 타로는 그의 정체를 의심했다. 나라가 망해도 왕족은 십중팔구는 살아남았고 잘살기까지 했다. 한 번 귀족은 영원한 귀족인 세상이었다. 계백이 양이지에게 물었다.

"그대는 어찌하여 해골탑 안에 사는 것인가?"

"국적이 없는 내가 살기엔 이 해골탑이 제일이오."

"그대의 부친은 수나라 사람이었을 테지만 지금의 그대는 고구려사람 아닌가?"

계백은 양이지가 수나라 황족 출신일 거라 예단하고 있었다. 양이지가 말했다.

"나의 부친은 수나라인이었고 모친은 고구려인이었소. 두 분 다 작고 하신 지금 나는 어느 나라 사람인 것인지, 내가 계백 그대에게 한번 묻고 싶소."

자칭 무국적자라 칭하는 것은 양이지가 고구려에 동화되지 못해서였다. 고구려 땅에는 수십만이나 되는 수나라 포로들이 살고 있었다. 그들 가운데 다수는 수준 높은 문화 국가인 고구려에 동화되었다. 양이지처럼 소수는 고구려의 배려정책에도 불구하고 정체성의 혼란을 겪고 있었다. 자신이 어느 나라 사람이냐고 묻는 양이지를 계백은 한참 노려보았다. 계백은 화두를 바꾸었다.

"당나라 황제가 고구려로 쳐들어온 것을 모르고 있소?"

"내일모레면 내 집까지 들이닥칠 터인데 그것을 모르는 사람이 어디 있겠소."

"고구려인으로 살기 싫다면 어찌 당나라 황제에게 달려가지 않은 것인가? 지금이 절호의 기회 아닌가?"

양이지가 고개를 저었다.

"나 혼자 살아가는 데 황제가 무슨 소용이 있다는 말인가. 게다가 선정을 베푸는 안시성 성주를 공격하는 당나라 황제에게 어찌 내 몸을 맡기겠는가."

"안시성 성주가 의인이라면 그대는 어찌하여 성주를 위해 나서지 않는 것인가? 이는 의로운 일이 아니지 않은가?"

양이지가 계백을 노려보았다.

"그렇다면 너희 백제는 어찌하여 당나라를 도와 안시성을 무너뜨리려 하는 것인가?"

양이지가 백제의 책략을 오해하는 듯싶었지만 계백은 즉답하지 않았다.

"안시성의 운명은 내가 결정하는 것이 아니다."

"그럼 누가 결정하는 것이오? 안시성 성주요?"

"아니오."

"그럼, 당태종이오?"

계백은 고개를 저었다.

"안시성의 백성들, 그들이 성의 운명을 결정할 것이다."

계백이 굳은 표정으로 돌아섰다. 계백을 뒤따라가던 타로가 뒤를 돌아보았다. 해골탑 앞에서 양이지가 잘 가라는 듯 손을 흔들어주고 있었다. 이때까지만 해도 계백은 양이지가 안시성 전투에서 그리 중요한 역할을 할 거라 상상치 못했다. 해골탑에 시선을 빼앗겨 양이지가 가마를 만들어 놓고 이상한 도기들을 굽고 있다는 것을 못 본 탓이었다. 양이지는 안시성 성주의 밀명을 받고 새로운 무기를 개발하고 있었다.

3. 수수께끼 같은 두 사람

645년 봄 안시성에 당도한 계백은 그 어느 곳에도 한눈을 팔지 않았다. 백제의 사신 자격으로 계백은 평강궁으로 들어섰다. 성주는 부재중이었다. 앉지도 못하고 서지도 못한 채 얼마나 시간이 지났을까. 계백은 지난날의 추억 속으로 빠져들었다. 구 년 전 안시성 성주의 얼굴을 회상하는 계백의 입은 미소가 배어있었다.

*

636년 계백은 고구려를 견문한 적이 있었다. 백제에서 출발해 신라를 거쳐 배를 타고 왜로 넘어갔다 다시 백제로, 배편으로 당나라로 가서 돌궐을 거쳐 고구려 영토로 들어오기까지 무수히 많은 성과 고을들을 누볐다. 흥미진진하다 못해 죽을 고비까지 넘기며 다양한 경험을 했다. 그러한데도 요하를 비롯한 고구려의 모습은 계백의 시선을 사로잡기에 충분했다. 고구려의 광활한 대초원과 지평선에 입이 딱 벌어졌다. 소와 말이 태초부터 광야의 얼룩무늬였던 듯 푸른 들을 울긋불긋 물들인 대지는 사막과 황토지대처럼 경이로웠다. 초원 곳곳에 무리를 지은 소와 말이 백만 마리가 넘을 듯싶었다. 널찍한 콩밭 하나가 백제 땅 전부만큼 넓어 보였다. 이것이었다. 바로 이 경제력이 수나라 백만 대군에 밀리지 않은 고구려의 힘이었다.

인간이 살아가는 데 음지가 존재하지 않을 수 없다고 생각한 계백은 안시성을 벗어나 가장 외진 마을을 돌아보기로 했다. 경작지가 척박하거나 인적이 드문 곳, 그래서 관청에서 조차 소외되는 사각지대가 틀림없이 있을 거라 생각했다. 하지만 성문을 나선 지 한참인데도 집들이 튼실했다. 흙벽은 봄에 보수를 하였는지 말끔하였고, 초가의 지붕들도 모두 갈아 썩은 지붕이 보이질 않았다. 숱한 건초더미들은 작년 농사가 풍작이었음을 짐작케 하였다. 나그네에 지나지 않은 계백에게도 안시성은 가장 이상적인 공간으로 비추어졌다.

음지를 보고 그늘에서 신음하는 그 어떤 소리를 들어보러 왔거늘, 도리어 무릉도원인 듯한 광경에 오히려 계백 본인이 흔들리려 했다. 하지만 안시성은 고구려의 일개 성일 뿐 하나의 독립된 나라 안시국은 아니었다. 이곳에서 빈틈을 찾을 수 없으면 고구려의 다른 허점을 노리면 될 것이다.

"야! 네가 왜 꿔주고 나중에 받고 하냐. 네가 성주면 성주지, 우리들끼

린데도 성주냐!"

마을 어귀 싸리나무숲 근처에서 사내아이의 성난 목소리가 계백의 발걸음을 붙들었다. 아니, 성주라는 단어가 그를 붙들었다. 아이들끼리 서로 다투는지 소리가 제법 요란하였다. 계백이 다가가보니, 아이들이 땅에 선을 긋고 무슨 놀이를 한 듯싶었다. 선을 여러 개 긋고 그 안에 각각의 역할을 적은 뒤, 발로 돌을 차 그 공간에 들어가면 그 역할을 하며 놀았던 것 같다. 그런데 을태乙슙라는 아이가 빚쟁이 역할을 하는 아이를 막 대하자 성주 역할을 맡은 아이가 그것을 제지하면서 다툼이 생겼다.

"빚을 졌으면 갚는 것이 맞아. 그것을 뭐라 하진 않았어. 하지만 네가 말한, 엎드려라. 너는 개다. 가랑이 사이로 기어가라. 돈을 던지면 입으로 물어 와라. 이게 빚진 것과 무슨 상관이야?"

성주라는 아이가 물러서지 않겠다는 눈빛으로 귀족 역할을 한 을태를 노려보았다. 타로가 설레발을 치며 계백에게 말했다.

"저 애가 놀이에서 성주 자리를 따서 저 을태란 애가 더 화가 났나 봐요. 덩치도 훨씬 작은데."

을태가 성주라는 아이의 얼굴에 제 얼굴을 바짝 들이밀며 고함을 빽 질렀다.

"성주님, 모르세요? 노비를 어떻게 다루든 그건 주인 마음예요. 왜냐면 이 빚쟁인 곧 노비가 될 거거든. 몰라? 윤똑똑이 성주가 그딴 것도 몰라!"

"을태야. 너 귀족과 성주가 무엇을 먹고 사는지 알아? 대왕께서 어떻게 해서 그 커다란 궁궐에서 사시는지 알아? 그건 백성이 있기 때문이야. 백성이 귀족을, 성주를, 대왕님을 먹여 살리는 거야."

"말도 안 되는 소리! 우리 땅이 얼마나 넓은데, 우리 집이 얼마나 부잔데. 까짓 백성쯤 없다고 내가 굶을 줄 알아. 웃기지마!"

"너, 백성이 없으면 너희 땅이 남아날 거 같아? 백성이 없으면 농사도 못 짓고 나라도 없는 거야. 나라가 없으면 어떻게 되는 줄 알아. 외적들이 쳐들어와 모든 걸 다 빼앗아 간다. 네 땅, 내 땅, 따지는 건 아무 소용없어진다. 군인이 되는 것도 백성이고, 우리를 지켜주는 군대의 훈련도 군마를 먹이는 것도 다 백성이 내는 돈으로 하는 거야."

을태가 악을 썼다.

"야, 우리 집은 그딴 거 없어도 끄떡없거든!"

"옛날에 우리 고국천왕께서 사냥을 나갔다가 길에서 울먹이고 있는 한 사내를 보셨어. 왜 울고 있느냐 물었더니, 흉년이 들어 품팔이하고 싶어도 품 팔 곳이 없어 운다고 했대. 흉년에는 노비가 되는 사람들이 많잖아. 노비가 늘어나면 세금이 줄어들고 군사가 줄어 나라가 힘들어지잖아. 뭐 부자와 귀족들은 좋겠지만. 어쨌든 고국천왕께서 국상 을파소와 상의하셨대. 국상께선 봄에 곡식을 꿔주고 추수 뒤에 다섯 푼의 이자를 받는 진대법을 시행하셨대."

"우리 안시성에는 진대법 같은 게 없잖아!"

을태가 반박하자 다른 아이들도 안시성에는 진대법이 없다며 을태 편을 들었다. 성주라는 아이가 말했다.

"우리 안시성엔 가난한 백성들이 없어 진대법을 시행하지 않는 거야. 이제 그만 화해하자. 을태야 네가 먼저 사과해."

먼저 사과하라는 말에 을태가 대뜸 성주라는 아이에게 주먹을 날렸다.

계백이 미처 말리기도 전에 타로가 뛰쳐나갔다.

"야아!"

타로의 마음 한켠에 자리한 강자에의 반항심이 뿜어져 나왔다. 그 기세에 한 아이만 남고 죄다 흩어져버렸다. 성주라는 아이가 코피를 흘리자 외려 타로가 안절부절못하였다. 계백이 성주라는 아이를 지혈해주는 동안 흑옥 같이 검은 그 아이의 눈망울이 그렁그렁해졌다. 순간 계백의 마음이 편치 않아졌다.

"우는 거야?"

"안 울어. 할머니가 울면 안 된다 하셨어."

"네 이름이?"

아이가 계백의 눈을 한참 들여다본 뒤 그 붉은 입술을 열었다.

"하루. 한자로 쓸 때는 萬春만춘, 영원한 봄처럼 살라고 할머니가 지어줬어."

평강이 아들의 성을 양으로 바꿨다고 했으니 이 아이의 이름은 양만춘이었다. 양만춘, 즉 하루성주가 계백에게 말했다.

"성 안에선 못 본 얼굴 같은데, 어디서 왔어?"

"바다를 세 번이나 건너서 왔어."

"바다가 정말 우리 고구려보다 넓어? 서역의 사막은 가봤어? 우리 고구려 북쪽의 얼음 땅에도 사람이 살아? 아 참, 너는 이름이 뭐야?"

"계백."

"계백? 왕을 만난다는 뜻이잖아. 어느 성에 살아?"

대답 대신 계백은 칼집에서 칼을 뽑았다. 순간 나무 뒤에서 사내 넷이 검을 앞세우며 모습을 드러냈다. 품에서 단도를 꺼내든 타로의 손은 힘이 잔뜩 들어갔고 그 옆에 있던 하루성주가 앞으로 나섰다. 사내들이 하루성주의 얼굴을 보고 크게 당황하였다. 그들끼리 몇 마디 수군거리더니 한 사내가 앞으로 나섰다.

"하루성주님, 성주님과는 아무 상관이 없으니 이 자리를 비켜주시지요."

하루성주가 사내들을 향해 외쳤다.

"너희들, 안시성엔 안시성만의 법이 있다는 걸 잊었느냐? 이들에게 죄가 있다면 송사를 통해 그 죄를 물어야 한다. 너희들이 칼로 이들을 처벌하는 것은 안시의 법이 아니다. 이 자들이 죄인이라면 내가 이들에게 벌을 줄 터이니, 나를 믿고 조용히 물러가라!"

서로서로 눈짓을 주고받은 사내들이 검을 똑바로 세웠다. 하루성주가 겁도 없이 더 앞으로 나서려는 순간, 계백이 손날로 하루성주의 뒤통수를 가격했다. 계백이 사내들 틈으로 뛰어드는가 싶더니 어느새 한 사내의 옆구리를 베고 들었다. 사내들의 무예 수준이 낮은 것은 아니었다. 단지 계백의 실력에 미치지 못할 뿐이었다. 계백의 팔이 두어 차례 회전하는 사이 사내 한 명의 목이 떨어져 나갔다. 뒷걸음치던 사내들의 발자국소리가 점점 멀어져갔다.

칼에 묻은 피를 노려보며 계백이 얼굴을 찡그렸다. 타로가 계백의 눈치를 살피며 나뭇가지로 땅바닥에 흐른 피들이 한눈에 드러나지 않게 뒷정리했다. 타로가 말했다.

"저 놈들은 누구일까요?"

"무슨 영문인지 모르니 더 위험하구나. 얼른 고구려를 빠져나가야겠다."

피 묻은 옷을 마바리에 넣던 계백이 문득 손에 잡힌 뭔가를 꺼내들고 한참 쳐다보았다. 계백을 향하여 타로가 달려왔다.

"그건 어머님 귀걸이잖습니까?"

계백이 잠들 듯 누워 있는 하루성주에게 다가갔다. 곡옥 귀걸이를 하루성주의 손에 쥐어주고 계백은 말을 달려 백제로 향했다.

계백이 떠나고 얼마 지나지 않아 한 떼의 사람들이 언덕을 날 듯 뛰어내려왔다. 길가에 정신을 잃은 채 누워있는 하루성주를 찾아냈다.

"아이고, 성주님! 이게 무슨 일이래요. 성주님, 성주님!"

정신없이 뛰어오느라 머리가 산발이 된 요동댁이 하루성주를 품에 안고 흔들었다. 하루성주가 신음소리를 내며 정신을 차렸다.

"아얏, 아우, 머리야."

"누구래요? 누구 짓이에요? 어떤 죽일 놈이 이랬답니까!"

요동댁은 그 상대가 곰일지라도 싸울 기세였다. 그 모습에 하루성주가 배시시 웃었다.

"소란 떨지 마세요, 아줌마. 진짜 별일 아니니까. 참, 할머니한테는 쉿, 비밀이야."

요동댁이 옷자락으로 하루성주의 얼굴에 묻은 먼지들을 닦아냈다.

"비밀은 무슨 비밀입니까. 죄 일러바칠 겁니다. 잊으셨습니까. 성주님의 선친께서 주위의 만류를 듣지 않고 전염병에 걸린 백성들을 살피다 돌아가셨다는 것을요. 성주님의 몸을 아끼는 게 우리 안시성을 돌보는 겁니다요. 그러니까 놀고 싶으셔도 성주님답게 성안에서 은구슬 옥구슬 갖고 노니세요. 하늘만큼이나 소중한 우리 성주님 꼬락서니가 이게 뭡니까요. 흙투성이에, 이건 뭔데 이렇게 안 지워지나."

"다음부터는 성 안에 있는 애들을 죄다 데리고 다닐 테니 할머니한테는 비밀이에요, 네?"

하루성주의 능청맞은 대답에 마을 사람들이 너털웃음을 터트렸다.

요동댁의 치맛자락을 잡고 있던 꼬맹이가 하루성주의 손을 잡아당겼다. 하루성주가 어린아이의 키 높이에 맞춰 허리를 숙였다.

"아나阿那야, 왜?"

"언니, 이거. 언니 손에서 떨어졌어."

아나가 조막만한 손으로 계백이 남긴 귀걸이를 하루성주에게 건넸다. 문득 하루성주가 주위를 둘러보았다. 칼을 들었던 사내들도 사라졌고, 자신의 뒤통수를 내려쳤던 소년 무사 계백과 그 시종도 보이지 않았다. 하루성주가 손바닥에 놓인 곡옥귀걸이를 쳐다보았다.

"기절시킨 답례라 이건가? 계백, 왕을 만난다. 흠, 어느 왕을 만났단 말일까?"

한 손은 귀걸이를 쥐고 한 손은 아나의 손을 잡고 하루성주가 안시성을 향해 씩씩한 발걸음을 옮겼다. 궁까지 가는 동안 하루성주는 수많은 안시성 주민들의 이름을 부르며 그들과 인사를 나눴다. 되도록 많은 백성들의 이름을 기억하라는 평강의 지시를 따라서였다. 평강은 손녀에게 말하곤 했다. 고구려의 어머니라 불리는 그녀가 백성들의 이름을 모르면 되겠냐고. 어미가 어찌 자식의 이름과 얼굴을 모르겠냐고 되뇌곤 했다.

잠자리에 들기 전 하루성주가 밤하늘을 올려다보았다. 수많은 별들이 바로 눈앞의 반딧불인 듯 아름답게 빛났다. 계백의 얼굴 뒤로 보이는 견우성과 직녀성이 오늘따라 더 빛나는 듯싶었다.

*

645년 안시성 평강궁.

내관의 목소리가 들리더니 문이 열렸다. 실내로 들어온 사람은 안시성 성주가 아니라 평강이었다. 그녀는 공주라는 신분에 어울리지 않은 수수한 차림새였다. 인자한 보통 할머니의 모습이었지만 계백은 그녀에게서 휘도는 천 년을 이어온 왕가의 기품을 보았다.

"백제국 사신 계백이옵니다."

평강에게 공손히 허리를 숙여 계백이 경의를 표했다. 무릎을 꿇고 인사를 드리는 게 마땅했으나, 한 나라의 사신인 계백에게는 그 정도의 인사가 적절했다. 계백을 향해 잠시 고개를 숙인 평강이 원탁의 상석 옆자리에 앉았다. 계백은 평강을 마주보는 자리에 앉았고, 타로는 두어 발 뒤로 물러났다. 평강이 서 있는 타로에게 앉을 것을 권하니, 타로가 머뭇거리다 착석했다. 평강이 말했다.

"하잘것없는 늙은이가 이리 오래 살다보니, 삼한에서 제일 고명한 왕자님을 뵙는군요. 반갑습니다."

"어찌 허명을 들어 저를 부끄럽게 만드십니까. 부여 사비수의 동자개와 안시성 양수의 동자개가 일가이듯, 백제와 고구려는 부여에서 비롯된 한 가족 한겨레 아니겠습니까. 저야 말로 천하 만인의 어머니이신 공주님을 뵈오니 몸 둘 바를 모르겠습니다."

명망 있는 계백의 찬사가 싫지 않은 듯 평강이 은은한 미소를 보였다. 그 미소를 거두고 평강이 이번에는 그윽한 어머니의 눈빛으로 계백을 바라보았다. 계백은 평강의 그 눈빛과 표정이 영 불편하였다. 이 할망구가 저 표정으로 얼마나 많은 사람들을 제 뜻대로 쥐락펴락 해왔을지 생각하며 계백은 마음을 다잡았다. 평강이 말했다.

"어찌하여 왕자님이 안시성까지 왔는지 잘 알고 있소만, 내가 먼저 손님을 맞았습니다. 우리끼리 나눌 사담이 없지 않을 듯해서요. 나이가 나이인지라 내가 손녀의 일에는 관심이 많습니다. 이 정도의 명품이라면 모친이 착용하던 곡옥귀걸이일 텐데 어찌 그리 소중한 유품을 내 손녀에게 주었나요?"

평강이 곡옥귀고리를 탁자 위에 올려놓았다. 멋쩍은 표정으로 계백이 말했다.

"당시 제 심정을 말씀드리자면, 성주님은 고구려의 살수처럼 도도하게 푸르렀고, 사비수의 백강처럼 맑았습니다. 저 때문에 위기를 겪게 한 것도 미안했고, 안시성이라는 존재를 각인시켜준 소녀에게 제 마음을 대신할 것이라곤 그 귀고리밖에 없더군요."

"우연을 인연으로 만들려는 사내의 흑심인가 싶어서, 이 늙은이가 공연한 상상을 했나봅니다."

"상상은 저도 했어요, 할머님."

깜짝 놀라 타로가 자리에서 벌떡 일어났다. 이렇듯 기별 없이 이 자리에 들어올 사람은 한 명밖에 없었다. 안시성 성주 하루가 말했다.

"어찌 십대 소녀가, 느닷없이 나타나 손에 귀고리를 쥐어주고선 바람처럼 사라진 미소년에게 낭만을 품지 않겠습니까. 오랜 시간 설레고 꽤나 즐거웠답니다. 오랜만입니다. 소년 무사님, 잠시 과거의 인연으로 인사하지요."

그 옛날처럼 하루성주가 계백의 손을 잡았다. 계백은 기다렸다는 듯 과거의 느낌으로 그 손을 맞잡았다.

"오랜만입니다, 하루성주님."

하루성주의 얼굴을 뚫어져라 바라보는 계백의 눈길에 평강은 미소를 보였다. 하루성주가 등받이가 삼족오로 장식된 의자에 앉았다. 원탁에는 상석이 없다지만 그 색다른 의자 하나가 상석일 수밖에 없었다. 그것은 안시성의 성주가 평강공주가 아닌 그녀라는 무언의 표시였다. 평강이 자연스럽게 상석 옆자리에 앉은 것처럼, 하루성주는 당당하게 상석에 앉았다. 서 있는 타로에게 하루성주가 구슬채찍으로 착석을 권하였다.

"황공하옵니다. 저는 타로라고 하옵니다."

"오랜만이오."

하루성주가 앉으라 했어도 타로는 앉을지 말지 고민했다. 먼 길을 달려온 그를 위한 배려이긴 했어도 벼슬이 낮은 타로가 낄 자리가 아니었다. 하루성주는 고구려태왕의 조카였고 평강은 태왕의 고모였다. 평강과 하루성주에게서 주군 계백과 엇비슷한 품성을 느낀 타로가 조심스레 의자에 앉았다. 잠깐 타로에게 미소를 보인 하루성주가 계백에게 말했다.

"이렇게 만날 것을 대비해 하늘이 구 년 전에 쌉쌀한 인연을 주었나봅니다. 설마 귀걸이를 돌려달라고 오신 것은 아니시겠지요?"

"돌려받을 심산으로 드리지 않았습니다."

"과거 이야기는 이제 그만하지요. 소녀의 낭만적인 꿈이 이 시점에서는 흉몽 아니겠습니까."

순간 타로는 한기가 든 듯 오싹했다. 그 할머니에 그 손녀인가, 하루성주도 만만치 않아 보였다. 요동성이 함락되고 백암성이 항복했다는 소식을 안시성 성주가 모를 리 없었다. 내일모레쯤 당나라 오십만 대군이 이 안시성을 공격해올 텐데도 성주가 백제의 사신 앞에서 배짱을 부렸다. 이 무슨 자신감인지 모르겠다는 황당한 표정으로 타로가 계백을 보았다. 계백이 하루성주에게 말했다.

"흉몽이 아닌 길몽이 되기 위해 왔다면 믿으시겠습니까?"

"길몽을 꿀 수 있는 상황을 주시겠습니까?"

시녀들이 새로이 끊인 차를 가져왔다. 시녀들이 방에서 나가길 기다린 뒤 계백이 하루성주에게 말했다.

"연개소문이 보내는 십오만 지원군은 어찌하시겠습니까?"

하루성주대신 평강이 대답했다.

"그 일은 내일 결정하겠습니다. 여든 노구에게는 긴 시간이었습니다."

평강이 자리에서 일어나려 하자 계백이 말했다.

"공주님, 미루실 일이 아닙니다. 저는 연정토욕살을 만나고 이 자리에 왔습니다. 그의 형 연개소문에게서 지원군 십오만을 안시성으로 보내겠다는 약조를 받았습니다. 내일모레면 들이닥칠 당나라 오십만 대군을 막으려고요. 그 지원군을 받아들이는 게 안시성에 도움이 되지 않겠습니까."

계백은 안시성이 연개소문의 지원군을 받아들이길 바랐다. 연개소문의 지원군 십오만과 안시성이 힘을 합하면 당나라 쪽으로 기울어진 전세를 만회할 수 있었다. 힘의 균형을 이루면 전쟁은 다시 장기전이 될 테고 당나라와 고구려 양쪽 다 막대한 피해를 입을 것이었다. 이것이 백제가 바라는 것이었다. 하지만 지금 시점에서 지원군을 받아들이는 것은 진정 안시성을 위한 대책이기도 했다. 계백에게로의 대답은 평강이 아닌 하루성주한테서 나왔다.

"이제 서로 말이 좀 편해지겠군요. 백제는 이 전쟁이 당나라와 우리의 소모전이 되길 원하는 거겠지요. 왕자님, 안 그렇습니까."

두 나라의 국력을 탕진시킬 소모전이 백제의 노림수라 정곡을 찔렀다. 부릅뜬 눈으로 하루성주가 계백을 주시하자 그는 수긍하기로 마음먹었다.

"맞습니다. 그러니까 지원군 십오만을 받으시지요. 그럼 승산이 있습니다."

"승산이 있다고요! 누구에게 말입니까? 당나라입니까, 고구려입니까? 백제입니까?"

"안시성에 승산이 있습니다."

하루성주가 자리에서 일어나 창문을 열었다. 시원해진 저녁 바람이 실내를 부드럽게 감쌌지만 타로는 숨이 막힐 것만 같았다. 평강, 안시성 성주 양만춘, 계백과 함께 역사가 어떻게 흘러갈 것인가.

손에 든 구슬채찍의 구슬이 흔들리지 않을 정도로 하루성주는 평정을 유지하고 있었다. 칼을 든 장정들 앞에 나섰던 구 년 전처럼 그녀는 담대했다. 문득 계백은 전장에서 앞장서다 화살에 쓰러진 온달이 떠올랐다. 하루성주는 진정 온달의 후예다웠고, 계백은 내심 그녀의 배짱에 경의를 표했다. 하루성주가 말했다.

"지원군이 안시성에 도움이 될 거라는 말씀은 알아들었습니다. 지원군이 안시성을 위해 움직이는 걸 가로막지는 않겠습니다. 그런데 이 전쟁에 승자가 얻을 것이 남아있을까요?"

평안한 얼굴로 하루성주가 물어도 계백은 즉각 대답하지 못했다. 이 전쟁에서 승자가 얻을 수 있는 것은 아마 혈흔으로 얼룩진 영예뿐이리라. 곤혹스러워하는 계백을 쳐다보는 하루성주는 구 년 전의 그때처럼 천진난만한 소녀가 아니었다. 하루성주가 계백에게 말했다.

"왕자님의 지략이 내 꿈을 흉몽으로 만든다면 무사하기 어려우실 거예요."

4. 고구려의 어머니 평강

645년 고구려.

안시성 객관에 여장을 푼 뒤 계백은 따라오지 말라며 외출했다. 호위무사가 계백을 은밀히 경호할 테니 타로는 괘념치 않았다. 계백은 평강궁 밖으로 나가 안시성 안을 산책하듯 어슬렁거렸다. 문득 계백은 놀라움을 금치 못했다. 내일모레 전쟁을 앞둔 곳이라고는 믿기지 않을 만큼 안시성은 활기가 넘쳤다. 낯설지 않은 소리에 계백이 귀를 기울였다. 저잣거리에서 아이들의 노랫소리가 점점 더 크게 들려왔다.

눈부신 황금빛 얼굴 그 분
구슬채찍 손에 들고 귀신 부리시네.
경쾌한 발걸음 느린 손짓 우아하게 춤추시니
제요帝堯의 봄 이루는 붉은 봉황이시네.

이 추억의 노랫가락이 계백을 구 년 전 그때로 데려갔다.

*

세상을 주유하고 다니던 계백은 636년 안시성에 들른 적이 있었다. 계백이 열일곱, 타로가 열네 살 때였다. 안시성 안으로 들어가기 전 계백의 시선은 멀리서부터 안시성을 살폈다. 그의 눈은 안시성은 공격과 방어를 어찌해야 하는지 보고 있었다. 안시성의 지형은 동쪽은 높고 서쪽은 낮았다. 본성의 서쪽에 외성을 쌓아 이중으로 방어막을 구축하였다. 성문들을 보아하니 평지와 연결된 서남문이 정문이었다. 서남문의 남쪽에는 계곡물이 흘러나가는 수구가 한 군데 있었다. 성벽의 기초는 돌로 되어 있지만 그 위에 흙을 다져 올렸다.

계백의 시선은 그곳에만 머물지 않았다. 안시성 인근에서는 품질 좋은 철이 생산되었다. 땅까지 기름져 집집마다 가득 차지 않은 곡물창고가 없었다. 거두어들이지 못하고 들에 내버려둔 조, 콩, 수수는 우마들이 먹어 치웠다. 사방에서, 저 멀리 서역에서도 상인들이 앞 다투어 비단, 옥, 돈, 소금 궤짝을 수레에 싣고 몰려들었다. 게다가 은산까지 소유하고 있으니 안시성 성주는 중원의 황제가 부럽지 않은 부자였다. 이 땅은 하늘의 신도 한동안 살고 싶어 할 만큼 풍요로웠다. 안시성 안팎을 돌아다니다가 문득 의문이 생긴 타로가 계백에게 말했다.

"사람들이 안시성 성주가 온씨가 아니라 양씨라 하는 것 같던데요?"

"이 안시성 옆을 흐르는 강이 양수이다. 해서 이 양수 일대에 사는 고구려 사람들을 가리켜 양맥이라 일컬었다. 안시성으로 이주한 평강은 온달의 비극적인 죽음을 잊고 심기일전하고 싶어 했다. 내친김에 자녀들의 성을 양梁씨로 바꿨는데 안시성 토착민들의 환심을 사려는 의도도 있었을 것이다. 이 여우 같은 할망구!"

백제인인 계백에게는 여우같은 할망구였지만 고구려인에게는 국모라 불리는 존재였다. 계백이 눈을 지그시 감고 '제요의 봄' 노래를 계백이 한시로 바꾸어보았다.

黃金面色是其人
手抱珠鞭役鬼神.
疾步徐趨呈雅舞
宛如丹鳳舞堯春.

타로가 계백에게 물었다.

"무슨 시래요?"

"원래는 평강공주를 예찬하여 지은 시였는데, 안시성 백성들이 밥 먹듯이 입에 담는 노래가 되었다는구나."

"그 울보 평강한테요? 제요면, 요임금을 가리키는 건데 너무 심한 과장 아닙니까요?"

"타로 너, 그 입 잘못 놀렸다가는 성에서 쫓겨나기 전에 돌팔매질부터 받을 거야. 게다가 그 울보 공주님, 연세도 아주 많으시다."

"얼마나 되셨는데요?"

"글쎄, 칠십도 넘었을걸."

"그럼, 완전 꼬부랑 할머니 공주님이네요."

계백이 지붕 너머 아련히 보이는, 평강의 이름을 따라 불리는 평강궁의 불빛을 바라보았다.

"어린 울보 공주가 안시성의 주인으로, 어느 순간 고구려 만백성의 어머니로 거듭났지. 고구려의 하늘을 떠받칠 듯한 거목으로 그 오랜 세월을 살아왔다. 백 살까지 산 장수왕만큼이나 오래오래 살려나. 만만치 않은 고집쟁이 할망구!"

계백은 또래의 소년들처럼 진지하다가도 느닷없이 장난기를 보이는 영락없는 장난꾸러기였다. 타로가 더 친근하게 느끼고 더 잘 모시고 싶어 하는 이유였다. 계백의 시선을 따라 타로가 이마에 손을 얹고 까치발로 촐싹거렸다.

"그런데 어디를 그렇게 보십니까? 저기가 어딘데 불빛이 이렇게 멀리서도 보입니까? 저 지붕은 아예 순 황금입니다요."

"저기가 공주가 사는 평강궁이다."

"와, 안시성이 정말 잘살기는 잘사나 봅니다. 광산이 유명하다더니, 공주가 사는 궁은 아예 황금으로 도배를 했습니다요. 궁도 으리으리하겠죠?"

계백의 낯빛이 진지해졌다.

"저것은 황금이 아니다. 황금보다 조금 붉은 빛이 도는 구리다."

"구리? 아니 그럼, 그 할머니 공주가 허세를 부린 것이란 말씀입니까?"

"아니다."

"그럼 뭡니까요? 겉보기에 황금같이 번쩍거리게 만들고 실상은 구리면 그게 허세지요. 허세. 허. 장. 성. 세. 저도 압니다요."

"평강이 안시성으로 이사 온다는 소식을 들은 백성들이 평강이 머물 궁을 자진해서 지어줬다. 그 다음엔 궁을 황금기와로 치장해주고 싶어 했었다."

"백성들이 나서서요? 설마요. 세상 어느 백성들이 자기들 재산으로 성주한테 황금기와를 선물한답니까. 요임금 순임금이 살아 돌아와도 어림없습니다요."

타로는 평강을 위하는 안시성 주민들의 심리가 이해되질 않았다. 위정자와 관리를 칭송하는 백성은 가뭄에 나는 콩보다 더 귀했다. 계백이 말했다.

"그런데, 안시성의 백성들은 진심으로 그리하고 싶어 했다면 믿겠느냐? 그걸 평강이 거부했다는구나."

"아니, 왜요?"

"온달이 산에서 땔감을 마련할 때 그녀는 들에서 나물을 캐야했다. 그 시절을 잊지 않은 것인지 평강은 철로 기와를 올리되 황금기와를 올려주고 싶어 한 백성들의 성의는 받았다. 해서 철기와에 구리를 입힌 다음 광을 내는 것으로 대신했다. 덕분에 평강에게 안시성을 하사한 영양왕까지 백성들의 입에 오래 회자됐다지."

"영양왕이 안시성을 왜 동생한테 줘요? 왕족들끼리 나눠먹는 일에 백성들이 왜 나섰는지 알아듣게 얘기해주세요."

솔직히 타로는 평강 이야기가 가슴에 깊이 와 닿질 않았다. 하지만 그가 이렇게 세 살배기 어린아이가 엄마 젖 찾듯 떼쓰면, 계백이 왕자라는 신분의 짐을 덜고 형 같은 존재로 잠시나마 쉰다는 것을 알았다. 그래서 가끔 막무가내로 이야기를 해달라고 졸랐다.

온달이 죽은 후 스물, 서른의 봄이 훌쩍 지났다. 평강은 정권에는 관심을 두지 않고 안시성에서 오직 백성들만을 돌봤다. 그 선덕이 온 고구려에 퍼져 나갔고, 백성들은 평강을 어느 순간부터는 '어머니'라 부르며 칭송하였다. 소문이 고구려에 더 널리 퍼지니, 집 없는 서러움에 몸과 맘이 고단했을 뜨내기 백성들이 안시성으로 또 안시성으로 몰려들었다. 심지어는 고구려에 정착한 옛 수나라 사람들까지 안시성의 평강을 찾아왔다. 그들 가운데에는 수나라의 황족이었던 양씨도 끼어있었다.

평강은 기꺼이 살 집과 땅을 내어주었고, 그들을 차별하거나 홀대하지 못하도록 하였다. 안시성은 날로 부강해졌다. 주민들은 까마귀가 어미 새를 봉양하듯, 평강이 친어머니인 듯 효도하고 보은했다. 아마 요순의 태평성대가 이러했을 것이다. 백성의 칭송은 그칠 줄 몰랐고 안시성은 그들에게 무릉도원 그 자체였다. 고구려 최고의 실력자로 부상한 연개소문도 감히 이 성스러운 땅 안시성만은 넘볼 수 없었다.

안시성으로의 이주를 반대했던 이들은 그녀가 권력을 잡아 휘두를까 우려했었지. 당연한 걱정이었지만 공주는 그러하질 않았다. 내실을 다졌고 이름만을 높였다. 그녀의 말 한 마디, 의견 하나가 곧 고구려의 중론이 되었는데 실제로도 그녀 뒤에는 만백성이 있으니까 뭐. 권력을 잡은 연개소문과 사이가 틀어진 것은 아마 이 때문인 듯싶다. 어쨌든 온달이 잠자는 신화라면 평강은 고구려인의 살아있는 신화란다.

*

645년.

계백이 안시성을 방문한 날 다른 사신 일행이 안시성 요춘궁에 입궁했다. 당나라에 항복한 백암성 성주 손대음이 하루성주에게 보낸 사신이었다. 그는 당태종의 국서를 가지고 왔으니 당나라의 사신인 셈이었다. 사신들이 안내된 곳은 계백이 평강을 접견했던 하루성주의 궁방이 아니라 요춘궁의 뒤뜰이었다.

이글거리는 횃불 아래 일부러 평복으로 갈아입은 하루성주와 평강이 모습을 드러냈다. 그녀들 곁에는 시동과 시녀가 아닌 갑옷에 칼을 찬 장군들이 섰다. 도열해 있는 병사들 사이로 사신들이 옮기는 발걸음은 가볍지 못했다. 병사들 때문이 아니었고, 장군들과 하루성주 때문도 아니었다. 고구려의 어머니 평강 앞이었다. 사신들은 당나라 황제의 국서를 가지고 있었어도 그녀 앞에서 감히 몸을 펴지 못했다. 평강을 향해 사신이 두 손으로 서신을 올렸다. 아두치兒豆齒장군이 앞으로 나와 당태종의 국서를 강탈하듯 빼앗았다. 하얀 수염의 노장 아두치가 그 서신을 공손히 하루성주에게 건넸다.

어릴 적 말괄량이였던 하루성주의 장난에 긴 수염이 성할 날이 없던 그였다. 하지만 아두치장군은 안시성 성주의 위엄을 손상시킬 만한 처신을 하지 않았다. 사실 못했는지도 몰랐다. 고구려의 어머니 평강이 있는 한 그 누구도 성주 자리를 넘보지 못했다. 하루성주에게 주어진 과제 가운데 하나는 할머니의 깊은 그늘에서 벗어나는 일이었다. 당태종의 국서를 읽어 내려가던 하루성주가 쓴웃음을 지었다.

"안시성의 여성주 하루는 보라. 안시성 성주가 아닌 여자 성주라고 아예 초장부터 날 가지고 노네. 그래, 이렇게 봐 주잖니. 주절주절 무슨 서두가 이렇게 길어. 결국 하고 싶은 말은 곧 안시성에 당도할 당나라의 천자를 맞이하라고? 어라, 무릎까지 꿇고 항복을 읍소하라고. 진정한 일월의 아드님, 동명성왕님의 후손인 내 입에서 이 따위가 나올 소리야!"

죽 읽어 내려가는 하루성주의 말 한마디 한마디가 독하기 그지없었다. 백암성 사신들은 모골이 송연해졌다.

"충성맹약으로 당나라의 신하가 되면 안시성은 조용히 지나가 주시겠다. 백암성처럼 통치도 계속 맡겨주시겠다. 소원이라면 당나라의 며느리로 삼아주시겠다. 이거 고마워서 어쩌나."

국서를 다 읽은 하루성주가 사신들에게 다가가 그 앞에 섰다.

"당태종과 그 신하들 그리고 손대음 성주가 나를 두고 또 뭐라 하더이까? 사내들끼리 뭔가 재미난 이야기들이 오갔을 텐데."

사신들이 고개를 들어 달빛 아래에서 빛나는 하루성주의 미모를 보았다. 하루성주가 말했다.

"그들이 그러던가. 안시성의 그녀는 성주노릇을 하기에는 그 미색이 아깝다. 안시성이 성문을 열어주면 누가 먼저 여자 성주를 품에 안아야 하는가, 황제가 먼저 안을까 아무개 장군의 전리품이 되어야 한다!"

사신들이 겨울 내내 눈바람을 맞은 황태마냥 얼어붙었다. 하루성주의 표정이 북부여의 겨울바람보다 매서워졌다.

"내 한 몸으로 십만 백성을 지킬 수 있다면 기꺼이 그리 할 것이다. 그런데 내 한 몸으로 만족하겠는가. 고구려의 여인들을 욕보일 것이며, 고구려의 백성들을 노예처럼 부릴 것이다. 대고구려인의 긍지와 정기를, 그 씨앗과 새싹마저 세상에서 완전히 말살할 것이다. 요동성을 불태워버린 이세민은 40만 조나라군 포로를 생매장한 진나라 장군 백기나 마찬가지다. 한동안 감춰뒀던 호전성을 드러내자마자 패잔병의 간을 도려내 그 맛을 보고 여인의 정조를 가지고 노는, 승자로서의 쾌락만을 탐하는 몹쓸 놈들!"

하루성주의 분노가 금강석이라도 녹일 듯 타올랐다.

"이 국서는 손대음 성주와 너희들이 작성하여 당태종에게 바쳤을 것이다! 그리고 나에게도 항복을 하라고 뻔뻔히 찾아왔을 것이다. 아니더냐!"

하루성주는 항복한 백암성 성주와 신하들이 꾸민 짓이라는 것을 이미 알고 있었다. 항복한 고구려 성주와 장군들은 이제는 그들이 당나라의 신하라는 것을 당태종에게 보여주어야 했다. 항복한 아군은 원래 적이었던 적보다 더 아군에게 잔인했다. 또 항복은 항복이 항복을 부르는 연쇄효과를 만들기 쉬웠다. 사신 가운데 한 명이 앞으로 나섰다.

"잠시만, 여기서 저희들을 죽여 당나라와 싸우겠다는 의사를 표명하신다면 안시성은 제2의 요동성이 될 것입니다. 당태종은 성주님이 싸워 이길 수 있는 상대가 아닙니다. 성주님의 그릇된 결정으로 안시성의 십만 백성이 목숨을 잃게 됩니다. 멀리 보셔야 합니다. 당장 이기지 못할 적과 싸워 모두 죽기보다 후일을 기약하셔야 합니다. 그것이 백성을 진정으로 돌봐야 하는 성주가 할 일입니다."

사신의 말을 다 듣고서 하루성주가 평강공주 옆으로 돌아갔다. 차분하게 하루성주가 말했다.

"예가 어딘 줄 아느냐. 안시다. 고구려의 국모가 사시는 곳이고 동명성왕의 제사를 모시는 신시다. 고구려의 심장이고 고구려의 영혼이다. 당나라 따위에 농락당할 우리가 아니란 말이다. 내 너희들의 목을 베어 안시의 얼을, 대고구려의 존귀한 국모의 뜻을 천하에 알릴 것이다."

붉은 피를 뿜으며 사신들의 목이 잘려져 나갔다. 목이 잘린 사신들의 몸뚱이가 줄이 끊어진 나무인형처럼 맥없이 쓰러졌다. 병사들이 그들의 시신을 수습하는 것을 하루성주가 눈 한 번 깜박하지 않고 지켜보았다. 그녀가 주먹을 꼭 쥐고 떨리는 가슴을 억누르고 있다는 것을 평강과 아두치장군은 알았다. 목이 잘린 사신들도 그들처럼 고구려인이었다.

하루성주가 태어난 뒤로 고구려에는 전쟁다운 전쟁이 없었다. 고구려의 여러 고을보다 안시성은 더 평화로웠고, 그 평화와 함께 하루성주는 커 왔다. 사람이 죽어가는 모습을 몇 번 보아왔지만 그녀가 성주로서 내린 명령에 사람이 죽는 것은 처음이었다. 하루성주는 생사여탈권을 쥔 성주라는 지위가 갖는 권력을 실감했다. 하루성주가 아두치장군에게 명령했다.

"수급은 소금에 잘 절여 둬라. 황제에게 보낼 안시성의 선물이다."

"보내든 보내지 않든 사신이 죽은 이상 당나라의 침공은 피할 수 없습니다. 저 목을 누구한테 가지고 가서 황제에게 전할 것입니까? 수급을 전하는 순간 그도 당태종의 손에 죽을 것입니다."

"그 자는 아마 당태종도 쉽게 죽이진 못할 겁니다."

하루성주가 저 목을 누구에게 딸려 보낼지 평강이 알겠다는 듯 고개를 끄덕였다.

내일 아니면 모레 전쟁이었다. 하루성주와 장군들이 궁 안으로 몰려가 원탁을 둘러앉았다. 안시성의 요직에 있는 사람들끼리 작전회의 자리를 가졌다. 노장 아두치가 먼저 말문을 열었다.

"척후병에 따르면 저들은 싸리나무 골 근처까지 접근해 왔답니다. 아마도 그들의 본진은 주필산에 꾸려질 듯싶습니다. 주필산과 안시성의 거리는 약 육십 리, 그 사이에 있는 민가는 모두 이천 호쯤입니다. 마을에 기병들을 보내 남아있는 사람들을 성 안으로 데려올 작정입니다."

이어 아두치장군이 병참 상황을 간략히 보고했다.

"현재 우리 안시성에는 도검이 10만 개, 창은 일인당 세 자루, 화살 550만 개, 말 삼만 필, 소 이만 마리가 있습니다. 밀과 보리 등 곡물 85만 섬에, 육포와 어포가 이만 가마니 넘게 있어 외부에서의 식량공급 없이 서너 달 이상 견딜 수 있습니다. 그간 우리가 만약의 사태에 대비를 해왔기에 풍족한 편입니다. 당나라 오십만 대군의 무기와 군량만은 못하겠지만. 계산과 현실은 다를 터인데, 얼마나 버틸 수 있을지 모르겠습니다."

아두치장군의 보고를 듣고 하루성주가 입을 열었다.

"버티는 것이 아닙니다. 이 전쟁은 여기 안시성에서 끝낼 것입니다."

단호하고 자신감에 가득 찬 성주의 말에 다들 놀랐다. 하루성주가 말했다.

"들어오세요."

하루성주의 말을 듣고 실내로 들어온 사람은 해골탑 청년 양이지였다. 다들 깜짝 놀랐다. 이 자리에 모인 사람들은 양이지가 수나라 황족의 후예인 것을 알고 있었다. 양이지가 안시성 안에, 평강궁 안 이 자리에 나타난 것으로 옛 수나라 사람들이 당나라 편에 설지도 모른다는 우려는 더 이상 없었다. 나라는 망했어도 황족이었던 양이지는 어쨌든 안시성에 살고 있는 옛 수나라출신 고구려인들의 구심점이었다. 장군들은 반항아로 안시성 밖을 떠돌던 양이지를 진즉에 회유해두고서 자신만만한 표정을 짓고 있는 자신들의 성주를 보았다. 아두치장군이 힘을 얻은 듯했고 다른 장군들 또한 고무된 듯했다.

"최전방을 떠난 뒤 나이만 먹었나 봅니다. 버티는 것이 아니라 이기는 것이지요. 승리하기 위해 싸우는 것이지요! 월왕 구천은 5천의 용사로 70만 대군의 오나라 부차에 일당백으로 맞섰고, 을지문덕 대모달께서는 수양제의 30만 별동대를 몰살시키지 않았습니까. 적의 수에 기가 죽는다면 어찌 진정한 장수라 하겠소이까."

평강이 흐뭇한 미소를 지으며 실내로 들어왔다. 바로 이때라는 듯.

"장군들의 고무된 모습이 보기 좋소이다. 어떠시오, 하루성주, 장군들을 비롯하여 성내 주민들을 독려하기 위해서라도 그들에게 적당한 선물을 하사하심이? 당태종이 병사들 눈앞에 황금을 흔들어 그들이 요동성을 넘게 한 것처럼, 우리도 이제부터 목숨을 걸고 싸워야 하는 이들에게 용기가 배가되도록 격려금을 지원해주는 것이 좋지 않겠소이까. 또한 그만한 재물은 우리 안시성에 있지 않소이까."

아두치장군이 놀라 외쳤다.

"공주마마, 설마 추모신왕의 제사에 쓸 황금과 왕실의 재산을 내놓으시겠다는 말씀은 아니시겠지요?"

"사람이란 하는 일에 그만한 대가가 있으면 더 열심일 수 있지 않겠소이까. 또한 왕실의 재산을 모든 백성에게 두루 나눠준다면, 백성들이 한마음 한뜻으로 뭉쳐 싸워주지 않겠습니까?"

장군들이 당황하여 입을 열지 못하는데, 하루성주가 빙긋 웃었다.

"저의 자신감이 지나쳐 보였나 봅니다. 할머니께서 무섭게 저를 시험하시는군요. 황금은 풀 수 없습니다. 사람의 마음은 천만금을 주고도 못 사는 사북 같은 것이라고, 할머님께서 제게 가르쳐주셨지요."

"그래, 그랬었구나. 노파심에 생각이 짧았어. 네가 정말 나를 푹 쉬어도 되는 늙은이로 만들었으니 대견하구나."

평강이 자리에서 일어나자 양이지가 그 앞을 가로막았다. 양이지가 무릎을 꿇고 평강에게 인사를 하였다. 양이지의 눈에서 굵은 눈물방울이 뚝뚝 떨어졌다. 평강이 양이지의 손을 잡아 일으켜주었다. 고구려의 어머니인 그녀가 양이지의 어깨를 토닥여주었다. 아무런 말이 없어도 다들 알았다. 반은 수나라 사람인 양이지가 왜 평강을 만나서 눈물을 흘리고 그녀에게 큰절을 올리는지.

평강이 자리를 뜨자 다시 논의가 시작되었다. 다른 성에서 온 피난민을 수용하는 문제, 농경지와 광산의 처리문제, 민군民軍의 조직에 따른 군의 재배치문제까지, 다들 거침없이 의견을 내놓았고 뜨겁게 논했다. 그 가운데 가장 커다란 논란이 된 것은 양이지가 개발한 역청공이었다. 이 새로운 무기가 얼마나 파괴력이 있을지 양이지와 하루성주만 알았고 이 전쟁에 어떠한 영향을 끼칠지는 아무도 몰랐다.

깊은 밤의 마구간은 조용했다. 설핏 잠든 말들이 푸 콧김을 뿜었지만 이내 잠잠해지고, 향긋한 짚 냄새와 말똥 냄새가 무거운 여름습기와 함께 주위에 떠돌았다. 하루성주가 타고 다니는 말 무지개가 그녀의 기척을 느끼고 그녀에게 머리를 내밀었다. 하루성주가 다가가 무지개의 머리를 쓰다듬었다.

"쉬, 무지개야, 다른 아이들이 자고 있잖니. 자는 거 깨웠니? 아니면 기다리고 있었니?"

굵은 목소리가 어둠을 뚫고 나직나직 울렸다.

"예서 기다리면 뵐 수 있을 듯싶어 기다리고 있었지요."

하루성주가 돌아보자 어둠 속 벽에 기대 서 있던 그림자가 다가왔다. 달빛 아래로 나온 사람은 계백이었다.

"놀라지 않으시는군요."

하루성주가 대답했다.

"놀랐습니다. 안 놀란 척하는 겁니다. 야심한 밤, 먼 길에 피곤할 터인데 왜 저를 기다렸습니까? 내일 아침이면 만날 것을요."

"공주님처럼 조신하게 행세해도 안 속습니다. 성주님 배포는 어렸을 때 이미 알아봤으니까요."

순간 하루성주의 얼굴에서 표정이 사라졌다. 습하고 더운 여름, 달빛에 서조차 온기가 느껴지는 그 밤에 한 여인의 얼굴이 차가워졌다. 하루성주가 무지개의 등에 훌쩍 올라탔다.

"들어가 쉬시지요. 내일 뵙도록 하겠습니다."

"평양성에서 보내오는 군대를 들이시겠습니까?"

"내일 물어도 될 질문입니다. 백제는 소모전을 원하고 소모전을 끌어내려면 나와 당태종에게서 서로 기울지 않는 접점을 만들어내야 하는 것 아닙니까. 쫓아내는 것이 아니라, 시각이 급하니 한시라도 빨리 당태종을 만나러 가셔야지요."

"나는 연개소문으로부터 십오만 강병을 얻어냈습니다."

"백제의 군사가 아닌 우리 고구려의 용사입니다. 당연한 일입니다."

계백이 웃음을 보이니, 뭔지 모를 사연이 있는 듯한 이 웃음은 불안했다.

"비록 소모전이라 하여도 안시성은 불리할 것 없습니다."

"소모전에 양측이 이득이 될 게 있겠습니까. 어떤 소모전이 될지, 왕자님의 답을 물으면 진심이 담긴 답을 말해주시겠습니까?"

계백이 주변의 공기를 모두 마셔버릴 듯 숨을 크게 쉬더니, 오히려 작게 한숨을 쉬듯 입을 열었다.

"지원군은 받아들이십시오. 고립무원에서 벗어나는 것. 그것이 당연하고 또한 유리합니다."

"내가 가장 궁금한 것은, 당나라 수군의 동향입니다. 건안성이 함락되어 남쪽과 북쪽에서 협공을 받으면 우리의 승산이 적어집니다."

계백의 손끝이 허공에서 움찔했다. 계백의 전망 역시 그 점에 의해 좌우되기 때문이었다. 계백은 말을 흐렸다.

"나 역시 성주님처럼 그 부분을 예측하기 어렵습니다. 그래서 더더욱 당태종을 직접 만나봐야 합니다."

연정토 휘하에 백제군 오천을 맡기고 온 계백이었다. 그는 백제군에게 고구려가 당나라를 쉽게 물리칠 것 같으면 고구려를 돕는 척만 하고, 안시성과 건안성이 무너질 듯싶으면 고구려군을 적극적으로 도우라고 지시해 두었다. 하루성주가 말했다.

"시간을 끌면 끌수록 당나라군도 안시성도 힘은 더 들지만, 승리는 고구려의 것이지요."

"안시성은 준비가 되어 있습니까?"

"내일 떠나시는 길에, 제 답을 보실 수 있으실 겁니다."

솔직하게 다가오는 하루성주의 모습에 계백의 마음이 흔들렸는지, 잠시 망설이던 계백이 복안을 털어놓았다.

"성주님께 재회를 기념하는 선물을 하나 드리겠습니다. 천운을 시험해 볼 기회인데 받아 주시겠습니까?"

"받겠습니다."

"전투의 첫날, 당태종을 전투의 선발에 세우겠습니다. 그를 죽이면, 이 전쟁은 여기서 막이 내립니다."

하루성주는 계백의 말에 심장이 쿵쿵 뛰는 것을 느꼈다. 그러나 어떻게 그렇게 할 수 있느냐고 묻지 않았다. 계백의 말은 그저 믿어졌지만, 그래도 마음속에서 이는 궁금증은 누를 길이 없었다.

"이 전쟁이 여기서 단 일합에 끝이 나버리면, 백제가 얻는 이득은 무엇인가요?"

"없습니다. 오히려 이후 실이 더 커질 수도 있겠지요. 그래서 천운을 시험해 본다 한 것입니다. 하늘이 어떤 생각을 품고 있는지, 우리가 한 번 가늠해 보지요."

"참, 저 역시 변변치 못한 선물상자 하나를 꾸려두었습니다. 천운을 시험할 기회를 선물로 주신 것에 비하면 약소하지만, 저 역시 이 선물을 통해 시험해보고 싶은 것이 있어서요. 선물은 아침에 객관으로 보내겠습니다. 오늘 밤 대화로 서로 할 말은 하였으니 따로 찾아오실 필요 없습니다. 선물이 마음에 드셨으면 좋겠네요."

자리를 털고 일어나 무지개의 등에 올라탄 하루성주가 계백을 향해 통쾌한 듯 호탕하게 웃었다. 그 소리가 바람을 타고 계백의 귓속에서 청명하게 울렸다. 하루성주가 무지개를 타고 야음 속으로 사라져버렸다. 계백마저 자리를 뜨자 나무 위에서 계백과 하루성주를 지켜보던 계백의 호위무사가 계백의 숙소 지붕으로 향했다.

다음날 계백이 묻는 객관으로 하루성주가 보내온 선물은 다름 아닌 백암성에서 온 사신들의 잘린 머리였다. 그것을 선물인 양 당태종에게 가져다주라는 것은 낭떠러지에 서있는 사람을 미는 것 아니냐고 타로가 고개를 내저었다.

5. 죽는 것과 산다는 것

안시성 인근 주필산에 당태종은 무려 오십 리에 걸쳐 본진을 꾸렸다. 당나라군에게 포위된 듯한 주필산에서 저녁밥 짓는 연기가 짙은 안개처럼 계백의 시야를 가렸다. 사방이 양과 돼지고기 굽는 냄새로 가득했다. 말단 병사들한테도 오늘저녁만큼은 한잔 술에 고기가 넉넉히 배급된 듯했다. 요동성에서의 승리를 자축하는 건배와 전리품으로 술자리가 점점 달아올랐다.

막사는 산등성을 따라 정상으로 가며 점점 번듯해졌다. 산마루에는 고래등보다 더 크고 화려한 황금색 막사가 있었다. 막사 안으로 개미들이 집을 향하여 줄을 잇듯 병사들이 음식과 백주를 들고 분주히 드나들었다. 물어보나 마나 당태종의 막사였다. 막사 밖에서 대기하면서 타로는 당나라군 진영 안쪽을, 계백은 멀리 안시성 쪽을 바라보았다.

막사 안은 당태종이 행군대총관 장손무기張孫無忌와 이세적, 아사나사이 등 여러 총관들을 소집해 놓았다. 그들 사이의 거대한 원형탁자 위에는 고구려 지도가 펼쳐져 있었다. 당나라의 첩자들이 다년간 고구려를 정탐해 제작한 것이었다. 임유관-영주 650리, 영주-요하 600리, 요하-안시성 200리, 안시성-은성 100리, 안시성-요동성 250리, 안시성-건안성 200리, 안시성-오골성 500리, 오골성-압록수 250리, 압록수-평양성 450리 같이 중요한 성 사이의 거리가 표시돼 있었다.

당태종이 지도를 보았다. 천산산맥을 넘어가는 길목에 자리한 성, 안시성이 그의 눈에 띄었다. 안시성 북쪽의 요동성과 동북쪽의 백암성은 접수했는데 남쪽의 건안성은 아직 차지하지 못했다. 남쪽의 건안성이 당나라 손에 들어가면, 서쪽에 요하가 있는 안시성은 사방이 포위되는 셈이었다. 그리되면 서리 속 풀처럼, 등딱지가 뒤집어진 거북이처럼 안시성은 위태로웠다. 그런데 안시성은 작은 성이었고 건안성은 공략하기에 만만찮은 큰 성이었다. 건안성을 먼저 공격할지 안시성을 먼저 공격할지 당태종은 저울질을 했다.

이세적이 입을 열었다.

"봄에 선전포고를 한 뒤, 지난날 수나라가 그리 애를 먹었던 요하를 칠 일 만에 건넜고, 요동성을 불과 보름 만에 함락시키지 않았소이까. 어디 그 뿐입니까. 심지어 천혜의 장벽이라 불리는 백암성이 제 스스로 백기를 걸지 않았습니까. 고구려, 고구려, 소문만 무성했지 부딪쳐보니 실상 별거 아니지 않습니까."

막사 안은 지금까지의 성과 때문에 활기가 넘쳤다. 당태종이 총관들의 얼굴 하나하나를 살폈다. 그의 시선은 철륵족 추장 계필하력契苾何力에서 멈추었다.

"계필하력, 안시성은 어찌 공략해야 하는가?"

호명을 받은 계필하력이 자리에서 벌떡 일어났다.

"공략법이 따로 필요하겠습니까. 안시성은 요동성과 비교가 안 될 정도로 작고 인구가 십만이 겨우 될까 말까합니다. 더구나 안시성 성주는 천하가 아는 경국지색 아닙니까. 후세 사람들은 고구려가 저 안시성의 미녀 성주 때문에 멸망했다고 알 것입니다."

좌중이 일시에 웃음바다가 되었다. 그들이 질펀한 육담까지 섞어가며 키득거리는 동안 당태종은 웃지 않았다. 황제의 심기를 눈치 챈 장군들이 하나 둘 입을 다물기 시작해 막사 안에 정적이 휘돌았다.

"장손무기 대총관, 안시성을 어떻게 공략할지 말해보라."

당태종이 장손무기의 이름을 부르자 그가 자리에서 일어났다.

"안시성은 고구려 시조의 제사를 모시는 곳입니다. 저 성을 함락시키면 충격을 받은 고구려의 다른 성들이 줄줄이 항복해오고, 평양성의 고구려 왕은 항복 문서의 반은 써 둘 것입니다.

안시성은 산성이지만 산세가 험준하지 않고 요동성에 비할 수 없이 작습니다. 요동성은 보름이 걸렸으나, 안시성은 넉넉히 잡아도 삼일이면 함락될 것입니다."

"삼 일, 삼 일 안에 함락이 가능하다?"

장손무기가 당태종을 잠시 쳐다보았다.

"황상께서 무엇을 염려하시는지 압니다. 저는 한때 이 머나먼 원정에 회의적이었습니다. 요하를 건널 때도 지나치게 밀어붙이시는 거라 우려했

던 이도 저입니다. 그랬던 제가 지금 드러내는 자신감이 자만처럼 보일 수
도 있음을 압니다.

　하오나 황상, 여인입니다. 안시성에 평강이라는 공주가 있다 해도, 그
녀의 부군이었던 명장 온달은 이제 없습니다. 평강은 주나라 무제를 상대
로 승리를 거둔 온달의 이름으로 그동안 사람들을 미혹한 것뿐입니다. 백
여우처럼.

　평강의 손녀 양만춘은 백성들 사이에서 고구려말로 봄이라는 뜻의 하루
라 불린다지요. 양만춘은 그저 자신이 웃으면 화답해주는 백성들과 충성
을 바치는 척하는 신하들과 장군들 속에서, 지금까지 단 한 번의 시련도
겪어보지 못한 소녀일 뿐입니다. 목숨을 건 전투? 나라의 흥망이 달려 있
는 전쟁? 그런 것을 소녀아이가 어찌 알 것이며 또한 어찌 견뎌내겠습니
까. 맹목적으로 추종했던 백성들과 신하들 몇몇만 그 눈앞에서 죽으면 양
만춘은 저절로 허물어 질 것입니다.

　황상, 절세미녀가 하얀 이만 보여줘도 뭇 사내들은 입이 벌어집니다. 그
녀의 옷고름을 풀기 위해서라면 못난 사내도 목숨을 겁니다. 그러니 맨
먼저 안시성 문루에 우리 대당의 깃발을 꽂는 장군에게 그 성주를 하사
하십시오."

　당태종이 장손무기를 빤히 쳐다보았어도 그는 말을 멈추지 않았다.

　"황상의 심려는 양만춘에게는 과합니다. 꽃이 떨어지면 눈물을 짓고,
바람이 불면 낙엽처럼 쓸려가는 것이 여자입니다. 우리의 우람한 근육과
불뚝거리는 핏줄은 그런 계집들을 안아줄 때 쓰라고 있는 것이기도 합니
다.

평강공주의 명성이요? 양만춘이요? 전쟁이 없었던 시기였기에 가능했던 허명입니다. 고구려의 힘을 믿고 기고만장하던 백암성 성주도 요동성이 함락되자 백기를 들었습니다. 솔직히 답할까요. 더 솔직 하자면, 안시성의 함락까지 걸리는 시간은 사흘이 아닌 이틀입니다. 요동성 공격할 때의 힘 절반만 쓰면, 평강과 양만춘은 하룻밤을 눈물로 지샌 다음 백기를 흔들 것입니다. 여우가 꼬리 흔들 듯. 그런데도 제가 이틀을 잡는 것은."

모두 귀를 쫑긋 세우자 장손무기가 말했다.

"튕기며 몸값을 높이는 것입니다. 계집들이란 게 원래 그렇지 않습니까."

신하들이 박장대소를 하는 동안 당채종은 그의 자리로 가 털썩 앉았다. 턱을 고인 채 당태종이 중얼거렸다.

"그렇다면 그 피난 행렬은 대체 뭔가. 오십만 대군이 곧 공격을 개시할 참에 안시성으로 가는 그 행렬들은 도대체 무엇이란 말인가. 제 발로 사지로 간다는 것인가."

"황상, 백제에서 사신이 왔습니다."

전령의 보고에 당태종의 눈빛이 번쩍였다. 백제의 사신이 이곳 주필산에 나타난 이유를 당태종은 물론 다른 신하들과 장군들도 직감했다.

"지원병이라도 데려왔다더냐? 고작 몇 만이면 필요 없다 하여라."

"가져온 군량이 최소 십만 석이 아니면 썩 꺼지라 일러라."

"이미 늦었다고 전해라. 전쟁 다 끝난 다음에 오면 뭘 하느냐!"

왁자지껄 떠들썩한 가운데 당태종이 손을 들었다. 이것을 신호로 백제의 사신 계백이 막사 안으로 들어섰다. 주위를 두리번거리며 타로가 새우처럼 몸을 잔뜩 구부린 채 겨우 계백의 뒤를 따랐다. 계백이 멈춰 서자 타로도 그 뒤에 숨듯 황제 앞에 섰다. 고개를 숙인 채 시선을 올려 슬쩍 당태종의 얼굴을 보았다. 주위를 압도하는 당태종의 안광에 숨을 훅 들이마셨다. 황제의 위엄이란 이런 것인가. 타로는 황제의 안광이 제 마음속까지 꿰뚫어 보는 것 같아 얼른 눈을 내리깔았다.

주필산 초입부터 이미 기가 질린 타로였다. 진영 입구부터 여기 막사까지 세 시진이나 걸렸다. 피비린내가 섞인 고기냄새 사이에 병사들의 떠들썩한 말과 웃음이 흘러넘쳤다. 당나라 진영은 지난날 보았던 가장 큰 시장보다 더 활기가 넘쳤다. 백제를 떠나기 전 계백이 타로에게 오십만 대군을 네 눈으로 목격할 것이라고 말은 했었다. 고구려 평양과 당나라 장안처럼 거대한 진영은 상상력도 그 어떤 공상도 끼어 들 여지없이 지나치게 현실적이었다. 여기 있는 이 많은 장군들과 병사들이 내일모레 안시성으로 쳐들어갈 것이다.

계백은 지금 그 사람들의 우두머리 당태종 앞에 서 있었다.

"주국대방군왕 백제왕의 동생, 왕자 계백, 황상을 뵈옵니다."

계백이 선 채로 읍을 하여 예를 갖췄다. 아사나사이가 달려와 발로 계백의 안쪽 다리를 걷어 차 꿇게 만들려고 했다.

"무엄하다. 무릎을 꿇어라. 대국의 황제폐하시다."

계백이 말했다.

"나라와 나라의 만남이다. 무릇 사신이라 함은 일국의 대표, 나는 백제왕의 대신인 것이다."

당태종의 사위 아사나사이가 칼을 스릉 뽑았다.

"우리 당나라가 형의 나라라면 백제는 아우의 나라다. 아우의 나라에서 온 자가 제대로 예를 표하지 않음은 형을 업신여기는 것이다. 그것은 우리를 동생이라 우롱하는 저 고구려의 방자한 행동과 무엇이 다르랴. 꿇지 않으면 죽인다."

아사나사이의 말에 타로의 무릎이 본의 아니게 털썩 꿇려버렸다. 이건 아니라고 생각하면서도, 떨리던 다리가 타로 제 자신의 마음을 배신해 버린 것이었다. 계백은 오직 당태종의 눈만을 보았다.

"백제와 당나라 둘 다에게 유리한 묘안을 가져왔는데 대국 당나라의 예절과 대접이 이렇다니. 죽이시겠다? 죽이시지요. 그러면 군대가 강하면 이기지 못한다는 노자의 가르침을 잊은 당나라의 체면이 뭐가 됩니까?"

아사나사이가 계백의 목에 칼을 겨누었다.

"백제 따위가 없어도 이 전쟁은 이미 우리의 승리다!"

"무슨 승리? 100개가 넘는 고구려 요동의 성들 가운데 겨우 열 개쯤 차지한 게 승리인가. 고작 그 따위가 역사에 길이 남을 이 출정의 의미인가. 네 눈에는 안 보이는가. 이 야심한 밤에도 안시성으로 계속 이어지는 저 피난민의 행동이 무엇을 말하는지 모르는가."

등받이에 몸을 지그시 기대며 당태종이 계백을 보았다.

"저 불나방 같이 안시성을 향하는 피난행렬의 의미가 뭐지?"

"제가 드릴 첫 번째 선물입니다."

당태종이 눈을 갸름하게 뜨고 손을 아무렇게나 흔들었다. 쓸데없는 말장난은 귀찮다는 듯한 손짓이었다.

"어째서 저 피난민의 행렬이 선물인가?"

"저 피난민의 끊어지지 않는 행렬의 의미는 이미 황상께서 짐작하고 계시지요?"

당태종은 수염 끝을 만지며 즉답을 하지 않았다. 유래 없던 일이라 심증을 굳혔으면서도 정답이라 말하기 쉽지 않아서였다. 당태종은 이 당돌한 사내의 답이 궁금했다. 같은 답이면 우대를 해줄 것이고 다른 답이면 즉시 쫓아낼 셈이었다. 군막 안의 장군들처럼 당태종은 백제를 우습게 알고 있었다. 고구려는 자웅을 겨룰 만한 상대지만, 한때 산동과 오월을 주름잡았던 백제는 이제 당나라의 맞상대는 아니었다.

"하늘의 새가 바람을 읽고 비를 피하듯 피난민들도 살기 위해 본능적으로 위험을 피하고 있는 것이지요. 그러한 그들의 목적지는 안시성입니다. 놀랍게도 자신이 살던 성에서 안시성으로 오는 이들도 있다더군요. 안시성으로 향하는 저 피난행렬, 그것은 안시성으로 가면 살 수 있다는 필연의 믿음입니다."

계필하력이 벌떡 일어났다.

"그게 바로 안시성의 허명이다."

계필하력을 노려보며 계백이 그의 말을 잘랐다.

"허명이라 하셨나요? 안시성에 비축된 식량이 백만 석임을 알고 하는 말입니까?"

"백만 석? 백만 석이나 있단 말인가?"

좌중의 웅성거림에 신경 쓰지 않고 계백이 말을 이어갔다.

"안시성과 그 인근 거주자가 십만이라 하나, 저 행렬이 오만 가까이 된다는 것은 아십니까? 여자들이 성을 다스린다고 우습게 폄하하시더군요.

그러나 그 중 한 명이 평강입니다. 그녀는 인간의 본성을 철저히 이용했습니다. 평강에게 붙어있는 바로 그 어머니라는 이름을.

저 피난민의 행렬은 살아있는 모친인 평강에게로 가고 있는 것입니다. 어머니 품안으로 들어가는 것이기도 하지만, 제 손으로 어머니를 구하기 위한 행렬이기도 합니다. 그렇기에 자신이 살던 성에서 뛰쳐나와 저 긴 행렬에 동참하고 있는 것입니다."

할머니와 그 어린 손녀의 소꿉장난인 듯 비웃었던 이들이 입을 다물었다. 반면 당태종은 입을 열기 시작했다.

"백제에도 제대로 된 눈은 있구나. 하지만 그대의 분석은 내게 불쾌함을 줄 뿐이다. 내게 기쁨을 줄 선물도 있는가?"

"백제에서 이 선물을 드리는 의미는 황상께서 아실 것입니다."

"차후 백제를 이롭게 하면 할 것이지 해하는 일에는 힘을 쏟지 않을 것이다."

당태종의 답변에도 불구하고 계백의 낯빛이 어두워지는 것을 타로는 보았다. 계백은 이내 표정을 감추었다.

"안시성은 현재 십만이요, 안시성으로 향하는 행렬을 보면 오만은 훌쩍 넘길 듯싶습니다. 저 십오만에 대막리지 연개소문이 보내는 지원군 십오만을 더하면 삼십만, 그러면 고구려 삼십만 대 당나라 오십만의 대결입니다. 지원군이 가져오는 군량을 제외하고도 고구려는 백만 석이니, 당나라군이 요동에서 수십만 석의 군량을 확보하였다 하나 당나라군의 군량이 더 빨리 소진될 것입니다."

당태종이 두둑 소리가 날 정도로 주먹을 틀어쥐었다.

"연개소문이 보낸 지원군 십오만이라니? 평강과 연개소문이 사이가 나쁘다는 건 이 자리에 있는 사람들이 다 알고 있는 사실이다. 그 혀로 나를 농락할 수 있다 생각했느냐."

계백이 진짜 몰랐느냐는 듯 입을 벌리고 눈을 크게 떴다. 당태종이 노하는 것을 본 계백은 일부러 더 큰소리로 말했다.

"아니 당나라가 고구려를 쳐서 성이 몇 개가 무너졌는데, 아무리 사이가 안 좋다 해도 연개소문이 평강에게 지원병을 아니 보내겠습니까. 그랬다간 평강을 어머니로 여기는 백성들한테 욕먹습니다. 어쨌든 평강은 고구려왕의 고모이고 안시성 성주는 고구려왕의 조카 아닙니까. 하여간 연개소문의 십오만 대군이 안시성을 돕기 위해 오고 있습니다. 지원군을 보내느라 연개소문의 힘이 줄어들었으니, 이 첩보를 첫 번째 선물로 하지요."

만면에 웃음을 띤 당태종이 장손무기에게 척후병을 보내 확인하라 하였다. 계백이 말했다.

"활용을 하십시오."

"무엇이냐? 말하라."

"유언비어입니다. 평강과 연개소문의 사이가 좋지 않다는 것은 천하가 다 아는 일입니다. 이미 바탕은 깔아져 있으니, 그 위에 그럴싸한 이야기를 덧붙이는 겁니다. 연개소문의 지원군을 평강이 자존심 때문에 성 안으로 들이지 않았다고 소문을 내십시오."

콧수염을 매만지는 당태종의 손끝이 흥분으로 살짝 떨렸다. 그가 불쾌한 표정을 지었다.

"그 술책은 마음에 들지 않는다. 공연히 연개소문만 높여주는 소문 아니더냐."

"평강공주의 평판은 확실히 땅에 떨어뜨릴 수 있지요. 안시성을 꺾으면 연개소문은 언제든 꺾을 수 있습니다. 지금 눈앞의 상대가 안시성입니까, 평양성입니까?"

"좋다. 고집쟁이 노파 때문에 수많은 목숨이 죽었다고 세상이 떠들썩하게 떠들게 만들어주지. 하지만 썩 만족스럽지 않은 선물이다."

이렇게 말하는 당태종에게 구상이 하나 떠올랐는데 나중에 써먹을 술수였다. 계백이 타로에게 눈짓을 하자 타로가 막사 밖으로 나갔다.

"황상, 제 선물은 아직 세 개나 남아 있습니다."

타로의 뒤를 따라 당나라군이 상자 다섯 개를 들고 왔다. 모두들 낯빛이 변했다. 상자의 크기로 그 상자 안에 무엇이 들어있는지 짐작해서였다. 상자를 열자 그 안에는 안시성에 항복을 권유하러 갔던 백암성 사신들의 목이 들어 있었다. 분개한 총관들이 자리에서 박차고 일어나자 당태종이 손을 들어 말렸다.

"선물치고는 고약하구나. 네 목을 저 백암성 사신들과 같게 만들 수 있다는 것을 모르지 않을 텐데 굳이 내놓는 이유가 무엇이냐?"

"이들의 죽음을 비통해하십시오. 백성들의 희생을 막고자 사신을 보내 평양성으로 가는 길만 내어주면 모두 화평히 살게 해주겠노라 약속하였는데, 평강의 고집과 양만춘의 자존심이 백성들의 희생을 담보로 방자하게 굴었다고 세상에 떠드십시오. 안시성의 희생이 커지면 커질수록 성 안에서 내분이 일어날 가능성이 높아집니다."

무릎을 두드리면서 당태종이 박장대소를 터트렸다.

"그대의 선물, 좋아! 아주 마음에 든다. 마음에 들어."

계백의 신호에 타로가 다시 막사 밖으로 나갔다.

"황상, 이제 두 가지가 남았습니다. 당나라군이 입을 갑옷 만 벌을 가져왔는데 이 선물 하나보다 못할 테니 갑옷 만 벌은 아예 선물로 치지 않겠습니다."

타로를 따라 당나라군이 관 같은 궤를 들고 왔다. 다들 깜짝 놀라 웅성거렸다.

"저거 관 아니야?"

가까이에서 궤를 쳐다본 이들을 한 번 더 놀라게 한 것은 궤의 화려함이었다. 형형색색의 보석으로 장식된 궤에 금실과 은실의 수까지 더해져 있었다. 타로가 궤의 뚜껑을 서서히 열었다. 궤의 화려함으로 보아 모두들 보물이 잔뜩 들어있을 거라 추측했다. 궤짝 안의 내용물을 확인하려는 총관들 때문에 내용물이 보이지 않자 당태종이 자리에서 일어났다.

상자 안은 밤하늘보다 더 새카만 갑옷이 흑진주처럼 빛나고 있었다. 갑옷의 흑칠이 주위의 빛을 모두 빨아들여 다시 내뿜는 것처럼 반짝였다. 세상에 어느 검은색이 이처럼 밝게 빛날 수 있을 것인가. 당태종의 입에서 탄성이 터져 나왔다.

"명광개!"

"지난날 저희 백제의 근구수왕이 고구려왕 고사유의 목을 벨 때 입었던 갑옷입니다."

"고구려왕의 목을? 선봉에 서서 이기지 못한 전쟁이 없다는 전설의 갑옷답구나. 백제 비술의 진수이되, 그 비술이 전해지지 않아 이제는 그 누구도 만들 수 없다는, 세상에 오직 단 한 벌만 존재한다는 전설의 갑옷. 백제가 짐을 사모하는 마음이 이만하였던가."

당태종은 감격하며 홀린 듯 명광개를 어루만졌다.

"칼과 창과 활을 준비하라!"

당태종의 명령에 네 명의 병사가 명광개를 들고 섰다. 명광개 앞에 칼과 창을 든 병사들과 활을 든 궁수들이 대기했다.

장손무기가 신호를 내리자 명광개를 향해 병사들의 칼이 힘껏 휘둘러졌다. 그 충격에 명광개를 들고 있던 병사들은 뒷걸음질을 하였으나, 명광개에 휘둘러진 칼들은 맑은 소리를 내며 부러져버렸다. 명광개를 들고 있던 병사들이 안도의 한숨을 내쉬는 동안 막사 안에서는 탄성이 흘렀다.

장손무기가 신호를 보내자 창을 든 병사가 큰 기합소리와 함께 있는 힘껏 명광개를 찔러 꿰뚫으려했다. 명광개를 향한 창끝은 미끄러지듯 튕겨 옆에서 명광개를 들고 있던 애꿎은 병사의 복부를 찌르고 말았다. 부상병에는 아랑곳하지 않고 당태종을 비롯한 총관들은 명광개의 신묘함에 탄복할 뿐이었다.

다친 병사가 부축을 받아 나가자 궁수들이 활에 화살을 재었다. 단 하나의 화살도 명광개에 박히지 않았다. 막사 안에서 탄성과 함께 박수가 쏟아지자 타로는 어깨가 으쓱해졌다. 당태종이 말했다.

"전설은 대개 허명이거늘 나는 오늘 허구가 아닌 살아있는 전설을 목격하였다."

장손무기가 말했다.

"명광개를 만드는 비술이 전해지지 않는다는 게 안타깝습니다. 이 명광개를 병사들 모두에게 입힐 수 있다면 백전백승 아니겠습니까."

당태종이 명광개를 보고 또 보며 장손무기에게 말했다.

"오직 하나. 세상에 단 하나이기에 황제에게 어울리는 물건이 되는 것이다."

명광개는 물고기 비늘처럼 갑옷미늘을 아주 얇게 만든 다음 가로 세로를 바꿔가며 여러 겹으로 엮어 만들었다. 화살이 얇은 종이 여러 겹을 꿰뚫지 못하는 것처럼 이 명광개는 철로 된 무기에 그야말로 철벽이었다.

"이 명광개를 보니 황제의 피가 아닌 장수의 피가 끓는구나. 좋다. 연개소문이 보낸 지원군의 섬멸작전은 짐이 직접 진두지휘하겠노라."

명광개의 성능을 목격한 총관들은 당태종의 참전 선언에 환호했다. 몸소 전장에 나서겠다는 당태종을 굳이 말릴 까닭이 없었다.

"전설의 갑옷을 입고 선두에서 싸우는 황제폐하의 모습은 두고두고 회자될 또 하나의 전설이 될 것입니다. 황제 폐하 만세! 당나라 만세!"

당태종이 계백에게 다가와 그의 어깨를 강하게 부여잡았다.

"원하는 것이 무엇인가? 천자의 권한으로 모두 들어주겠노라."

계백이 무릎을 꿇었다. 계백이 무릎을 꿇자 오히려 당태종이 당황해했다.

"제가 백제왕을 대신한 사신이라 황상께 무릎을 꿇지 않았으나, 늘 황상의 용맹함과 지혜로움을 흠모하여 왔습니다. 개인적으로 황상을 돕기 위해 제가 가진 모든 것을 내놓겠습니다. 제가 바로 황상께 드리는 백제의 마지막 선물이자 명광개보다 더한 선물입니다."

"명광개보다 더한 선물이라?"

"병장기보다 시문을 더 사랑하시는 황상 아니옵니까. 글은 사람의 마음이고 마음은 곧 사람이니 저를 이 안에 담은 시입니다.

遠涉流沙萬里來
毛衣破盡着塵埃
搖頭掉尾訓仁德
雄氣寧同百獸才

일만 리 먼 사막 지나왔으니
털옷은 해지고 티끌먼지 끼었네.
온몸으로 인덕을 가르쳤으니
그 기개가 온갖 짐승의 재주와 어찌 같으랴.

계백이 왕희지의 필체로 미리 써 둔 시를 바치자 서예에 일가견이 있는 당태종은 무척 흡족해했다.

"짐은 방금 살아 돌아온 서성 왕희지를 만났도다. 백제의 왕자 계백에게 행군대총관급 막사를 마련해주고, 군령이 아닌 한 계백의 말이 곧 나의 말이니 그가 원하는 것은 모두 들어주도록 하라."

백제를 위해 자존심을 팽개친 계백은 진수성찬을 먹으면서도 맛을 느끼지 못했다. 그가 읊은 시는 전쟁을 일으킨 당태종을 비난하고 결국은 패주할 거라 해석할 수도 있었다. 의심이 가더라도 토를 달지 않을 만큼 분위기가 들떠있었다. 문득 계백은 호위무사가 이곳 당나라 진영에 무사히 잠입했을지 궁금했다.

제 2 장

작은 사람들의 역사

6. 생매장

안시성에서 이십여 리 떨어진 나루고을엔 단 하나의 횃불이 켜져 있었다. 달도 잠들어버린 것 같은 늦은 밤에 피난민들은 그 횃불을 북극성 삼아 나루고을 장터로 찾아들었다. 이곳에 천으로 지붕을 만들어 벙어리 평성平聲과 그의 아내 요동댁이 피난민들에게 잠시 눈 붙일 곳을 대주고 있었다. 평성의 딸 아나는 피난민들에게 요깃거리와 식수를 제공했다.

주먹밥을 먹던 중년의 사내가 방금 나루고을에 도착한 사내에게 말을 건넸다.

"어디서 오셨소?"

"미추골에서 왔소이다. 그쪽은 어디서 오셨소?"

주먹밥을 먹던 사내가 대답대신 제 물그릇을 건넸다.

"나는 건안성 동쪽에 있는 마을에서 이레 전에 출발했소."

"아이구야, 그 멀리서 예까지. 그런데 어째 순 사내뿐이오?"

"이 전쟁이 어찌 돼가는지도 모르고 다른 곳 사정이 어떠한지도 모르지

만 우리 같은 백성들은 안시성만 잘 막으면 되는 것 아니겠소. 우리들은
그저 평강공주님이 무사하기만을 빌 뿐이오. 그래서 여자들과 노인들과
애들은 마을에 남고 창칼을 잡아본 사내들만 이리 왔소."

사내가 제 가솔들을 둘러보며 민망해했다.

"이거 참, 우리처럼 제 목숨 살자고 온 사람들은 부끄럽소. 어쨌든 참
장하시오."

"아유, 아니오. 우리 땅을 빼앗으려는 놈들과 싸우는 건 당연한 거 아니
겠소. 과분한 칭찬 마시오."

옆에 있던 사내가 한마디 했다.

"사실 나는 평강공주님 얼굴 한번 보러 왔소."

이때, 쉬익, 소리와 함께 날아온 화살이 비추골에서 온 사내의 목을 꿰
어버렸다. 사내는 비명을 지르지도 못하고 등걸만 남기고 베어 진 나무처
럼 앞으로 쓰러졌다. 다른 피난민들이 사태를 파악하지 못하고 있는 사이
화살이 연달아 날아왔다. 횃불이 닿지 않는 어둑어둑한 곳에서 들려오는
비명 소리에 장터가 아수라장으로 변했다.

"화살이다. 다들 피해!"

어떤 남자는 제 아들을 품에 안고 달아나다 등에 화살을 맞았고, 어떤
여인은 시어머니의 손을 잡고 달아나다 뒤통수에 화살을 맞았다. 쏟아지
던 화살이 그친 그 곳으로 당나라군이 뛰어들었다. 용케 화살을 피한 사람
들은 이 기막힌 상황에 미처 울음 한 자락 터트려보지 못하고 달려온 당나
라군의 칼을 맞았다. 광기어린 얼굴로 당나라군은 칼춤을 추었다. 어둠 속
에서 치켜 올린 칼이 달빛에 번쩍였다 내리꽂히는 자리에서 핏줄기가 솟

구쳤다. 하얀 백지에 난화를 그리듯, 핏줄기가 하얀 달빛 속에서 홍옥보다 붉은 핏방울을 흩날렸다.

물을 긷고 돌아온 벙어리 평성은 이 악몽 같은 상황에 고개를 두리번거렸다. 아내인 요동 댁과 딸인 아나를 찾는 것이었다.

"으어어... 으어어어..."

평성은 당나라군에게 잡혀 끌려가는 아나를 발견했다. 그는 아나의 손목을 잡아끌고 있었고, 아나는 악을 쓰며 발버둥질로 반항했다. 물통을 내동댕이친 평성이 딸을 향해 달려가 당나라군을 머리로 들이받았다. 아나가 울면서 아버지를 부르니, 평성은 경황이 없는 와중에도 딸이 행여 어디를 다쳤는지 살폈다. 그 사이 쓰러졌던 당나라군이 일어났다. 칼을 뽑아 든 그는 설인귀였다.

"이 벙어리새끼가, 감히 누굴!"

설인귀의 칼날이 평성의 목으로 날아드는 순간 캉, 소리와 함께 칼이 땅에 떨어졌다.

설인귀가 저린 손목을 부여잡고 그의 칼질을 방해한 자를 휙 노려보았다. 의형 설계두였다. 설인귀가 말했다.

"왜 막는 거야. 오호라, 장교로 진급했으니 이제 명령을 들어라 이거야? 이거 왜 이러셔. 오늘 밤은 마음껏 죽이고, 마음껏 여자를 안아도 된다는 명령이 내렸어. 잘난 그 귀로 군령을 제대로 듣긴 들은 거야? 요동성에서부터 왜 자꾸 내 앞길을 막는 거야."

요동성을 약탈할 때부터 설계두는 설인귀의 마음에서 멀어져갔다. 사흘 동안 전리품을 챙겨도 좋다는 명령이 떨어졌는데도 설계두는 설인귀 곁에 붙어 되도록 겁탈을 못하게 하고 재물도 다 빼앗진 못하게 하였다. 그러다 어떤 집에서 설인귀가 요동성 주민들에게 보물을 내놓으라고 협박하는 동안, 설계두는 그 집에 숨어있다 끝까지 저항하던 고구려 장군을 죽여 단번에 장교로 진급했다. 당시에 설인귀도 숨어있던 고구려군사 세 명을 베었으나, 설계두는 목숨을 걸고 항전하던 고구려 장군의 숨을 끊었기에 설계두 혼자 진급한 것은 부당하지는 않았다. 하지만 설인귀는 그의 공을 설계두가 가로챘다는 기분을 떨쳐내지 못했다.

설계두가 다른 당나라군에게 외쳤다.

"노인과 아이는 살려줘라."

평성이 설계두에게 기어가 그의 발을 잡았다. 설계두가 말 못할 사연이 가득한 눈의 평성을 내려다보았다.

"이 병신도 살려줘라. 여인들도 마음대로 하되 죽이진 말아라."

설인귀는 매사에 고고한 듯 행동하는 설계두가 더 미워졌다.

"하긴 그렇지. 안시성 성문을 열어젖힐 인간 열쇠들은 살려둬야지. 안시성 성문은 형님이 여시오. 이 계집의 문은 내가 열 테니."

설인귀가 아나의 손을 와락 잡아당기자 그녀가 발버둥질을 하며 악을 썼다.

"아버지, 아버지. 나 좀 살려줘요, 아버지."

평성이 설인귀에게 다시 달려들었지만 설인귀의 발길질에 쓰러졌다. 설인귀가 발로 평성의 머리를 차자 평성은 기절하고 말았다. 아나는 평성이 일어나지 못하자 악을 쓰며 설인귀에게 덤볐다. 단숨에 설인귀가 아나의 목덜미를 잡고 흔들어댔다.

"네 아비보다 먼저 죽고 싶은 게냐."

설인귀가 아나의 저고리를 와락 당기자 옷자락 사이에로 뽀얀 젖무덤이 드러났다. 설인귀가 거친 손길로 아나의 치마를 벗기려들자 설계두가 말머리를 돌렸다. 설계두의 등 뒤로 아나가 발악하는 소리가 울려댔지만 그는 고개를 저었다. 사방 천지가 이미 전쟁의 참화 속이었다. 이 마을만 해도 순식간에 수십 명이 죽어나가지 않았던가. 한 식경의 시간이 흐르자 병장기를 들 만한 사내들은 다 죽임을 당하고 다치거나 노약자인 사람들은 포승줄에 줄줄이 묶였다.

어둠 속에서 입술을 질끈 문 채 숨죽이며 이 참상을 지켜본 여인이 있었다. 평성의 아내 요동댁이었다. 당나라군사의 발길질에 쓰러진 남편과 겁간을 당하는 딸을 목도한 요동댁은 피눈물을 뒤로하고 조용히 자리를 벗어났다.

나루고을에서 꽤 벗어났다고 생각한 요동댁은 달리기 시작했다. 신이 벗겨지고 어느 순간 맨발에 돌이 박히고 그 박힌 돌 때문에 살가죽이 찢어졌어도 요동댁은 달리기를 멈추지 않았다. 당나라군은 뭔지 모를 흉계를 꾸미고 있었다. 이 나루고을에서의 참상을 안시성에 알리는 게 아주 중요한 일인 것 같았다. 요동댁은 아나가 살아있기만을 빌었다. 저 하늘의 달님에게 빌고 신모 유화부인에게도 간절히 빌었다.

*

　안시성에서 동쪽으로 사십 리 남짓 떨어진 곳에 연개소문이 보낸 지원군이 진을 쳤다. 새벽녘의 고구려 진영은 고요했다. 동이 트기에는 이른 시각에 지원군의 대장 고연수高延壽는 깨어있었다. 안시성에서 다급히 전령을 보내온 탓이었다. 안시성 성주가 보낸 서찰의 내용이 중차대하여 선봉과 후미를 맡고 있는 두 장군에게 급히 기별을 하고 그들을 기다리고 있었다.

　잠시 뒤 선봉장 고돌발과 후군을 지휘하고 있는 욕살 고혜진高惠眞이 고연수의 막사에 당도했다. 고연수가 조금 어이없다는 표정으로 말했다.

　"안시성 성주 양만춘으로부터 전령이 왔는데, 우리에게 안시성 안으로 들어오지 말고 성 밖에서 피난민들을 구하라고 하는군요. 지난밤에 안시성으로 향하던 피난민 수십 명이 놈들에게 도륙을 당했답니다."

　고돌발이 말했다.

　"뭐라고요. 피난민을 도륙해요. 아니 이 무슨 개 같은 경우랍니까!"

　고돌발은 말갈족 추장의 아들로 그의 아버지가 수나라와의 전쟁에 큰 공을 세워 고구려의 왕성인 고씨 성을 하사받았다. 말갈족은 주로 고구려의 동북쪽에 거주하고 있었다. 옛 부여의 북쪽 평야에서는 농사를 지었고, 옛 숙신의 땅에서는 목축과 사냥을 하고, 흑룡강 유역에서는 주로 수렵을 하였다. 때론 호랑이도 얼어 죽는다는 북방의 매서운 추위를 이겨내며 살아가는 그들은 그 날씨만큼이나 강한 기질로 유명하였다. 말갈족과 고구려의 근간 맥족은 이미 수백 년 전부터 형제처럼 지내왔다. 말갈족은 가장 뜨거운 충정을 지닌 고구려 백성이었고, 또한 적에게는 가장 사납고 무서운 고구려 기병이었다. 돌궐 기병 셋이 말갈 기병 한 명을 당하지 못한다는 사실을 경험 많은 장군들은 다 알고 있었다.

고돌발이 말했다.

"지난날 황룡국이라 불리던 연나라 풍씨의 도읍 용성이 위나라의 공격을 받아 함락되려 할 때, 우리 장수왕께서는 군사들을 보내 피난행렬 80리를 호위하여 사십만의 목숨을 살렸습니다. 그저 살기 위해, 목숨이라도 건지려 안시성으로 향하는 피난민을 도륙해? 내 이놈들을 그냥!"

고돌발의 주먹이 분노로 부르르 떨자 고혜진이 말했다.

"당나라 놈들이 노리는 것이 바로 이것일지도 모릅니다. 우리의 화를 키워 이성을 잃게 만드는 것이지요."

"군인 된 자는 싸울 때 싸우면 됩니다. 목숨을 걸고 싸워 그냥 이기면 되는 것입니다."

고연수가 입을 열었다.

"고돌발장군, 너무 감정적으로 생각지 마시오. 그리고 고혜진장군, 이것이 저들의 격장지계 작전이라 해도 나는 우리 백성들이 살상되는 꼴을 두고 볼 생각은 없습니다. 고돌발장군이 말한 것처럼 백성을 지키는 것이 우리 본분이오. 그런데 사실 이 새벽에 두 장군을 부른 것은 양만춘 성주의 서신에 묘한 점이 있어서였습니다."

고연수가 품에서 접혀진 지도를 꺼내 펼쳤다.

"고혜진 장군, 적들이 우리를 유인하려 한다면 어디로 유인하겠습니까?

즉 적에게 유리하면서 우리에게 불리한 곳은 어디겠습니까?"

잠시도 주저하지 않고 고혜진이 손가락으로 두 군데의 기슭을 짚었다.

"내가 만약 적의 입장이라면 이 두 곳으로 유인하겠습니다."

"그런데 양만춘 성주는 적의 매복은 없으니 이 두 곳은 안심하고 빨리 지나가라 했습니다."

"그 무슨 어이없는 말입니까?"

고돌발의 반응은 거칠었다.

"병법의 병자, 전쟁의 전 자도 모르는 여자 성주가 어디서 따따부따, 거기는 설령 당나라군이 매복을 하지 않고 싸움을 걸어와도 동쪽에 있는 우리가 불리한 지형이라는 것을 우리 대고구려 남자라면 세 살 어린아이도 알 것을, 쯧쯧."

"그런데 더 괴이한 것은 양만춘 성주가 적들이 진을 칠 곳을 알려왔다는 겁니다."

"뭐요? 아니, 안시성 성주가 그걸 어떻게 알았답니까?"

"그뿐이 아닙니다. 당태종이 선발진에서도 선봉으로 출정할 것이랍니다. 적들의 붉은 갑옷 사이에 눈에 띄는 검은 갑옷 하나가 있으면 그것이 당태종이라 하는군요."

너무나 놀란 고돌발과 고혜진은 아무 말도 하지 못했다.

하루성주는 계백이 말했던 천운을 시험할 기회가 명광개일 거라 짐작했다. 총사령관이자 일국의 황제인 당태종을 최전선으로 내보낼 수 있는 것은 오로지 그 명광개밖에 없었다. 그런데 선봉에 선 당태종을 죽이는 데는 큰 걸림돌이 있었다. 그것 역시 명광개였다. 명광개 덕에 당태종은 어지간한 공격에는 죽지 않을 것이었다.

고돌발이 말했다.

"나, 고돌발은 본디 머리로 싸우는 지장이 아니오. 이래도 저래도 답은 싸운다는 것 하나 아닙니까. 적장이 30년 동안 패한 적이 없는 당태종이라지만 우리 개마철기병과 경기병은 천하무적이잖소. 싸우면 되는 것이고, 또 싸워 이기면 이런 저런 고민도 없는 것입니다."

고혜진이 고연수에게 말했다.

"평지에서의 회전도 해볼 만하다는 게 제 의견입니다."

"막리지께서는 적의 힘이 빠지길 기다리는 게 상책이라 하셨으나, 나 또한 당나라에 우리의 힘을 제대로 보여주고 싶소. 그래야 놈들이 다시는 도발을 못할 것이오. 다시는."

고연수, 고혜진, 고돌발이 말 위에서 멀찌감치 떨어진 적진을 바라보고 있었다.

"적의 위용이 대단합니다. 당태종의 이름이 허명이 아니었습니다. 놈들이 자신감이 있었기에 기습을 하지 않은 것이오."

고연수가 말하자 고혜진이 혼잣말처럼 중얼거렸다.

"전쟁경험도 없고 여자인 양만춘 성주가 어찌 여기까지 예측을 했단 말인가."

고돌발이 고혜진의 등을 창으로 툭 쳤다.

"그게 무슨 상관입니까. 여기서 우리 솜씨를 보여주면 됩니다. 그리고 양만춘 성주의 예상처럼 당태종이 나오면 놈은 무조건 내 것이오. 내 이 창으로, 작살로 물고기 잡듯 놈의 배때기를 꿰어버리겠소. 저 오만방자함을 꺾을 것이오."

고돌발이 말머리를 뒤로 돌렸다.

"모두 들어라. 저놈들 가운데 검은 갑옷을 입은 놈의 머리를 벤 용사에게 나와 동고동락한 이 창을 준다. 거기에 내 뽀뽀도 얹어 주겠노라."

적의 규모를 보고 긴장했던 병사들이 웃음을 터트렸다. 이 광경에 고연수와 고혜진도 웃고 말았다. 대장 고연수가 최후의 결심을 굳힌 듯 고개를 끄덕였다.

"좋소. 바로 여기에서 고구려의 전사를 우리가 다시 한 번 씁시다. 왼쪽은 내가 맡을 테니, 오른쪽은 고혜진장군이, 중앙군은 고돌발장군이 통솔하시오. 먼저 고돌발장군의 기병이 적의 주력인 행군대총관 이세적의 군대를 갈라놓는 거요. 강한 적을 분산시켜 기선을 제압한 다음 단칼에 당태종을 없애버립시다. 우리들의 솜씨로 여기서 일합에 끝장을 냅시다."

하루성주의 예측대로 당나라군 60만은 두 곳 기슭이 아닌 평원에 100리에 걸쳐 포진하였다. 그 옆에 15만 고구려군도 40리에 걸쳐 진을 쳤다. 상승장군 당태종과 총관들이 망루에서 멀리 고구려의 포석을 관찰했다.

당태종이 말했다.

"고구려의 기치가 하늘을 가리고 땅을 덮고 있구나."

당태종 옆에 있던 계백이 입을 열었다.

"고구려의 정예병은 묵자처럼 성만 잘 지키는 것이 아닙니다. 놈들의 기마병은 늑대 같이 사나운 돌궐의 기병보다 더 사납습니다."

"으음, 고구려의 대군이 빈틈이 없구나."

당태종은 고구려의 4배나 되는 대군으로도 적을 포위하는 것을 주저했다.

계백이 말했다.

"명광개는 더 빈틈이 없사옵니다."

당태종은 그가 입고 있는 명광개를 쳐다보았다. 한 낮의 뜨거운 햇살 아래서, 검은 명광개는 하늘에 있어야 할 해가 땅에 내려온 듯 눈부시게 빛났다. 당태종은 호탕하게 웃었지만 장손무기가 의심의 눈으로 계백을 바라보기 시작했다.

당태종이 전선으로 달려가는 동안 계백은 하늘을 올려다보았다. 하늘에 있는 구름이 햇살을 듬뿍 실은 듯 묵직해 보였다. 고구려 진영에서 출진을 알리는 북소리가 둥, 둥, 둥 크게 울렸다. 이에 맞서는 당나라의 북소리 또한 결코 지지 않겠다는 듯 컸다. 대치하던 양쪽의 대군이 서서히 접근했다. 이백 보쯤 떨어진 거리에 이르자 양쪽 모두 약속이라도 한 듯 멈춰 섰다.

당나라군의 붉은 갑옷 때문에 광활한 대지에 거대한 빨간 꽃 한 송이가 핀 것 같았다. 붉은 진달래, 계백은 그렇게 느꼈다. 그 상대인 고구려 진영은 검푸른 바다였다. 햇살에 반짝거리는 현해 같기도 했고 별이 흩뿌려져 있는 밤하늘 같기도 했다. 푸른 들판을 가르는 붉은 진달래와 깊은 밤 수평선 위에 떠 있는 별이 가득한 하늘. 계백은 두 번 다시 보기 어려운 광경에 술에 취한 듯 도취되었다. 곧 붉은 피를 대지에 쏟으며 숱한 생명이 사라질 현장이라는 것을 알면서도. 75만의 인간과 30만의 군마가 벌이는 역사상 최대의 대회전이었다. 50만, 100만이 동원된 전투가 고금을 통틀어 십 회쯤 있었으나 이런 대규모의 전면전은 처음이었다.

당나라 진영에서 장군 한 명이 적진을 향해 내달렸다. 육십만 당나라군이 일시에 환호성을 울리자 그 소리가 천지를 뒤흔들었다. 둥둥둥둥, 당나라군의 북도 숨이 가쁜 듯 빠른 속도로 울렸다. 그러자 고구려 진영에서도 엄청난 환호성이 나왔다. 징소리가 울리자 장군 한 명이 창을 돌리며 계필하력을 향해 무서운 속도로 다가갔다.

적진에서 계필하력의 맞상대가 뛰쳐나오자 황제의 망루가 분주해졌다. 장손무기가 물었다.

"도전자가 누구냐?"

다들 고구려의 장수가 누구인지 몰랐다. 장손무기에게 다가간 계백이 그에게 말했다.

"창에 매단 술을 들소의 긴 터럭으로 꾸민 것으로 보아 고돌발 장군입니다. 흑수말갈족 출신입니다."

장손무기가 계필하력에게 고함을 쳤다. 들리지도 않을 터인데도.

"가라, 당나라의 힘을 보여줘라. 돌궐과 철륵이 이제 고구려의 형제가 아닌 당나라의 동지임을 확실히 알려주고 와라. 계필하력, 적장 고씨의 목을 가져와라."

당나라 신하들이 주먹을 쥔 채 아우성으로 계필하력을 응원했다. 계백이 장손무기에게 나직이 말했다.

"돌궐, 철륵, 말갈은 모두 고구려의 형제라 할 수 있는 부족이지 않습니까. 그런데 돌궐이 동돌궐과 서돌궐로 나뉘는 바람에 당나라에 굴복 당하고 결국 돌궐과 철륵은 당나라 편에 섰잖습니까. 지난날 수나라와 고구려가 싸울 적에는 돌궐도 고구려 편이었으니, 아마 서로에게 배신자라 욕을 할 겁니다."

고돌발과 계필하력의 맞대결에서 고돌발이 승리를 거두었다. 계필하력은 말에서 떨어질 뻔했지만 간신히 몸을 추슬러 도망을 쳤다. 당나라 진영은 정적에 감싸였고 고구려 진영은 우레 같은 함성이 터졌다. 장손무기가 무표정한 얼굴로 계백에게 말했다.

"장수끼리 자웅을 겨뤄 이겼다 하여, 전투에서 모두 승자가 되는 것은 아니지요."

"그렇지요. 인중여포라 불린 여포도, 산을 뽑는 괴력의 항우도 결국은 패장이 되었지요."

"천자는 세인들의 말과 마음을 일일이 돌보지 못합니다. 아니, 돌볼 필요가 없지요. 그건 하늘아래 이 세상에 오직 하나밖에 없는 존재이기 때문입니다. 그 일인자가 인류의 역사를 바꾸고 세인들의 삶을 바꿉니다. 그러기에 일인자가 아닌 자가 살아남으려면, 그간 얻은 것을 잃지 않기 위해서라도 일인자의 심중을 살펴야 합니다."

장손무기가 계백의 눈을 직시하자 그는 묵묵히 장손무기의 시선을 받았다.

"당나라의 이인자인 내가 계백이란 인간을 살펴보았소. 무엇이 정답인지는 아직 모르겠지만 돕기 위해 왔으면 돕기만 하시오. 우리 당나라만 떠받들고, 우리 황제폐하만 보필하시오. 한 치라도 어긋나면, 백제와의 모든 관계를 포기하는 한이 있더라도 당신을 먼저 없앨 거요."

"무시무시하군요."

"그림자 속에 또 다른 모습의 네 그림자가 보인다. 그런데도 내가 너를 왜 그냥 내버려두느냐? 넌 아직 쓸모가 있거든. 하지만 조심해라. 황상의 뒤통수를 치면 네 뒤통수를 내가 날릴 거니까."

눈도 깜박이지 못할 만큼 경악하고 있는 타로를 장손무기가 슬쩍 쳐다봤다. 뒤늦게 머리를 긁적이는 타로에게서 일촉즉발의 전선으로 장손무기가 시선을 돌렸다.

"그대가 궁금해 하던 육화진의 꽃이 만개했다. 안 볼 것인가?"

"죽을 때 죽더라도 그 사람 잡아먹는 꽃은 봐야겠지요."

망루의 난간을 짚고 장손무기와 계백이 나란히 섰다.

육화진은 일곱 개의 군단으로 구성되어 있었다. 중앙군단 주위에 자리한 여섯 개의 군단이 여섯 잎의 꽃잎 같다고 해서 육화진이라 불렸다. 이 육화진 대열을 지키며 당나라군은 고구려군을 기다렸다. 양쪽의 대군이 서로 상대편 얼굴을 알아 볼 수 있는 거리가 되었다. 두근두근 심장은 요동치고 코로 내 쉬는 숨소리는 거칠어지고, 이마에는 벌써 땀방울이 맺혔다. 서로 벼르다가 숨이 막힐 듯한 순간, 고돌발 장군의 돌격 구령이 떨어졌다.

고구려 중앙군의 기수병을 필두로 기병들이 세 개의 열로 나뉘어 돌격하기 시작했다. 고구려 기병들을 저지하려던 육화진이 결국 동강나버렸다.

고구려 기병들이 육화진 속으로 들어간 것은 대담한 작전이었다. 육화진을 관통하지 못한다면 포위를 당하는 것은 오히려 고구려군이었다.

고구려기병이 쪼개진 당나라군을 에워싼 다음 독살에 갇힌 듯한 그들에게 화살을 퍼부었다. 고구려기병은 말의 방향을 바꾸지 않고 뒤쪽에 있는 적에게도 화살 공격을 할 수 있었다. 병력이 많은데도 당나라군은 고혜진의 우군에게까지 협공을 당하는 처지가 되었다. 이제 대총관 이세적은 범의 아가리에 들어온 셈이었다.

이세적이 포위당하자 망루 위에 있던 당나라 신하들은 망연자실했다. 육화진 안으로 고구려군을 유인한 다음 그들을 섬멸하는 것이 원래 이 작전의 의도였다. 그런데 유인을 당한 고구려군은 섬멸 당하기는커녕 외려 당나라군을 포위해버렸다. 그런데 그 당나라군 속에는 미끼를 자청했던 당태종이 있었다. 고구려 기병들의 청천벽력 같은 기세에 천하의 당태종도 당황하기는 마찬가지였다.

고혜진의 우군이 긴 창으로 돌궐기병을 무력화시키는 동안 고연수의 좌군은 당나라 진영을 종횡무진 누비고 다녔다. 부월수들은 도끼로 적의 방패와 갑옷을 부수었다. 고구려 기병 수십 기가 박차를 가해 당나라 진영 깊숙이 치고 들어갔다. 목표는 검은 갑옷을 입은 당태종이었다. 고구려 기병들이 단숨에 당태종에게 가까이까지 다가섰다. 좌무위장군 왕군악王君愕 총관이 그 앞을 막았으나 창에 찔려 전사했다. 고구려기병이 당태종에게 막 달려들 참이었다.

순간 설계두가 화살을 연거푸 날리며 절체절명의 당태종 앞으로 뛰어들었다. 그는 활에 한꺼번에 다섯 개의 화살을 재어 날렸고, 그때마다 당태종을 향해 달려들던 고구려병사들이 쓰러졌다. 황제의 목숨이 경각을 다투는 바람에 한동안 대소동이 일었다. 설인귀가 당태종을 향해 달려왔고, 설계두가 쓰러졌고, 넘어졌던 당태종은 가까스로 살아났다.

장손무기가 육화진을 더 크게 형성하라는 군령을 내리자, 북소리가 이 소식을 당나라군에게 전했다. 이제 하나의 행군, 약 1만 명이 육화진의 꽃잎 하나가 되었다. 붉은 꽃 속에 고구려의 밤하늘이 갇히는가 싶더니, 밤하늘에 수십만 송이의 붉은 꽃이 피어올랐다. 밤하늘의 별들이 붉은 꽃에 점점 가려 그 빛을 잃어갔다. 아, 미동 없이 고구려군의 패배를 지켜보는 계백의 입에서 탄식이 나왔다.

육십만 대 십오만, 결국 육십만 인해전술의 승리였다. 이세적 외에도 행군대총관급 인물들과 행군총관 50여 명이 모두 가세했다. 당나라군도 사만 명이나 되는 사상자를 냈으나 어쨌든 이기긴 이겼다.

전장에서 돌아온 당태종은 막사에 들어가더니 한나절 이상을 밖으로 나오지 않았다. 이후 이틀 동안 산발적인 전투가 계속되었다. 고연수와 고혜진은 양만춘의 충고와 달리 철군하지 않았다. 고구려에게 더 이상 승산이 없다고 판단한 그들은 오히려 당나라에 투항해버렸다. 당나라군은 고구려군의 말 오만 필과 소 오만 마리를 노획했다. 고돌발은 수백의 병사들을 이끌고 철군했다.

삼 일 뒤 당태종은 공식석상에 모습을 드러냈다. 주필산 전투의 논공행상을 하기 위해서였다. 죽을 고비를 넘긴 데다 삼 일이나 나타나지 않아, 모두들 당태종이 초췌한 모습일 것이리라 예측했다. 하지만 당태종은 범인들의 예측을 비웃듯 황금색 용포를 입고 당당하게 등장했다.

"전투가 너무 시시하지 않았느냐?"

당태종의 말에 대답을 해야 했으나 아무도 쉬이 대답하지 못했다.

"그럼에도 불구하고 목숨을 다해 짐을 구한 부대가 있다."

대령하던 아사나사이가 외쳤다.

"왕군악 총관이 이끌던 좌무위군 제5대 대원들 앞으로 나와라."

호명된 부대의 30여 명의 병사들이 어리둥절하여 서로 서로를 쳐다보았다. 그들 모두 두둑한 포상을 받고 제자리로 돌아갔다. 대령하던 아사나사이가 외쳤다.

"과의 설계두 입시요!"

장엄한 제례악이 울려 퍼지는 동안 설계두는 걸어오지 않았다. 당태종 앞으로 나아가는 것은 뚜껑을 열어 둔 설계두의 관이었다. 병사들은 관을 향해 머리를 조아리기도 했고 손을 뻗어 그의 기운을 받으려고도 하였다. 그런데 관을 뒤따라 터벅터벅 걸어가는 사람이 있었다. 상복대신 흰 갑옷을 입은 설인귀였다. 당태종 앞에 설계두의 관이 놓이자 그 옆에 설인귀가 무릎을 꿇고 통곡을 했다.

침통해하던 당태종이 눈물까지 보이며 물었다.

"짐의 목숨을 살린 이 자는 누구냐?"

아사나사이가 대답했다.

"신라에서 태어났으나 황상을 흠모하여 우리 당나라로 귀화한 백성 설계두라 하옵니다."

당태종이 겉옷을 벗어 설계두의 관을 덮어주었다. 당태종이 관 옆에서 울고 있던 설인귀에게 다가가 그 어깨에 손을 얹고 물었다.

"너는 누구더냐?"

설인귀가 눈물로 범벅이 된 얼굴을 들었다.

"형이 이렇게 먼저 가버리다니, 전쟁 중이라 상복을 구하기 어려워 흰 갑옷을 입고 왔어. 계두 형."

멧돼지 같은 덩치의 사내가 어미 잃은 아이처럼 울자 당태종이 안쓰럽게 쳐다보았다. 당태종이 발길을 돌리려하자 설인귀가 악을 쓰기 시작했다.

"형, 계두형, 이게 뭐야. 내가 활로 죽일 수 있다 했잖아. 가까이 가지 말라 했잖아. 뭐 하러 가서 칼 맞아 죽었어. 왜, 죽었어."

당태종이 시선을 돌리자 설인귀가 고개를 들어 당태종을 올려다보았다. 당태종은 얼핏 얼핏 떠오르는 기억 속에서 이 사내의 얼굴을 찾아보았다. 고구려군이 당태종에게 달려들려는 순간 설계두가 화살을 쏘아댔다. 고구려군이 잠시 주춤한 동안 당태종이 도망칠 수 있었다. 달아나다 잠깐 뒤돌아본 설계두 옆에 바로 이 사내의 얼굴, 설인귀의 얼굴이 있었다.

당태종이 설인귀에게 말했다.

"네 얼굴이 기억났도다."

고개를 주억거리던 당태종은 공포했다.

"의형제였으나 설계두와 설인귀는 친형제보다 더 뜨겁게 우애했다. 형제가 짐을 보호하기 위해 목숨을 앞 다투어 바쳤으되, 그 형은 죽고 그 동생은 살았다. 고인이 된 설계두는 보국장군으로 삼고 살아있는 동생은 유격장군으로 삼는다."

유격장군, 설인귀가 대성통곡을 멈췄다. 그런데 말을 마치고 자리를 뜨려던 당태종이 설인귀를 돌아보았다. 설인귀는 뜨끔했다. 당태종이 절체절명의 위기였을 때, 땅에 떨어진 칼로 설계두의 가슴을 찌른 사람은 고구려군사가 아니라 바로 그였다. 당태종이 설인귀에게 말했다.

"유격장군 설인귀에게 짐이 명한다. 짐을 위해 목숨을 바친 의형 설계두의 장례를 후히 치루라."

설인귀는 전쟁 내내 흰 갑옷만 입었다. 주필산에서의 승리로 계백은 당태종의 신뢰를 더 얻게 되었다. 반면 장손무기는 계백을 향한 의심의 눈이 생겼다.

7. 벙어리 평성의 최후

연개소문이 보낸 지원군의 패배소식은 바람보다 빠르게 안시성에 닿았다. 일부 성민들은 이 소식에 실망하였으나 대다수 성민들은 크게 동요하지 않았다. 그들이 믿고 따르는 것은 연개소문이 아니라 평강이었고, 이미 결전을 각오하고 있었기 때문이기도 했다.

지원군이 싸우는 동안 거의 모든 피난민들이 무사히 안시성으로 입성할 수 있었다. 성 안으로 들어선 피난민들이 제일 먼저 목격한 것은 전쟁 중이라 할 수 없는 안시성의 활기였다. 병사들은 물론 남녀노소 민간인들 모두 평상시처럼 제 할 일을 하고 있었다. 어느 한 구석 전쟁의 어두운 그림자는 있어 보이지 않았다.

안시는 신격화 된 동명성왕이 사는 나라 신시神市였다. 안시성은 삼천 년이 넘는 장구한 역사를 자랑하는 고도였다. 언제 지었는지조차 모르는 성벽은 돌이 아닌 흙으로 돼있었다. 주민들은 성벽을 보강하기 위해 성벽 뒤에서 흙을 개어 나무판에 넣고 다진 뒤 말리는 작업을 하고 있었다. 헤진 옷자락과 밀로 만든 풀을 흙에 섞으면 맨 흙만을 다져 만든 벽보다 훨씬 튼튼했다. 충차를 이용한 당나라군의 공세를 거뜬히 견뎌낼 거라 백성들은 믿었다.

평강궁은 과거에 보았던 평강궁이 아니었다. 황금처럼 번쩍거리던 구리 기와만 그대로였을 뿐, 흑요석으로 된 궁의 바닥을 주민들이 깨뜨리고 있었다. 흑요석으로 화살촉을 만들려는 것이었다. 안시성 안팎에 심어두었던 고초나무와 싸리나무는 잘라 화살대를 만들어 쟁여두었다. 평강궁 정원에 있던 바위들과 관청가 길을 포장했던 돌은 성벽 보강재와 투석전에 사용할 돌덩이로 변했다. 성 안에 있는 관청과 대저택의 기와는 화공에 방비하기 위해 이미 얇은 철판을 씌워두었다.

평화로울 때에는 풍요로움의 상징이었던 안시성은 전쟁에 돌입한 순간 최고의 방어력을 갖춘 성으로 변모했다. 자신의 집 한 칸을 무조건 피난민에게 내놓아야 했고, 여러 물자와 양곡이 추렴되었을 때도 누구 하나 불만을 드러내지 않았다. 부자일수록 제가 먹을 게 줄어드는 걸 싫어하기 마련인데 안시성은 부자들이 더 내놓았다. 안시성이 살아남는 게 부자들에게도 유리했다. 그들이 소유한 농장과 농지는 사라지는 게 아니었다.

오후가 되자 사람들이 안시성 북문 광장에 하나 둘씩 모였다. 이 광장 뒤에 평강궁이 있어 이곳은 평강궁 뒤뜰이나 마찬가지였다. 그 넓은 마당에 이미 사람들이 다 들어차, 성의 한복판으로 향하는 대로에도 사람들이 가득했다. 거기다 꽤 많은 사람들이 광장 주변에 있는 집들의 이층은 물론 지붕에도 올라가 있었다. 이 인산인해 속에서 환호성이 올라왔다. 하루성주가 성벽을 따라 모습을 드러낸 것이었다. 모든 사람들의 시선이 오직 하나의 방향으로 향했고 박수가 쏟아져 나왔다. 환호성이 오래도록 계속되자 하루성주가 손을 들었다. 십여 만 명의 사람들이 입을 다물고 그들의 성주를 바라보았다. 하루성주가 말했다.

"안시성 성주 양만춘입니다. 올여름에는 파리모기 말고도 우리를 성가시게 하는 것이 하나 더 늘었습니다."

사람들이 와르르 웃었다.

"그들이 내일 쳐들어오겠다는 선전포고를 해왔습니다."

다들 웃음을 뚝 그쳤다. 사람들이 한참동안 웅성거리니, 하루성주가 그들의 목소리에 귀를 기울이는 척한 다음 외쳤다.

"지금 말씀하시는 것들은, 우리 안시성을 우습게 보는 놈들을 욕하는 거지요? 저 들개만도 못한 당나라 놈들!"

고귀한 신분의 입에서 욕이 나오니, 잠시 어리둥절했던 사람들이 하루성주의 말에 더 집중했다.

"사람이 한 번의 다툼 없이 한평생을 살기는 어렵습니다. 울타리를 치면서 옆집과 싸우기도 하고, 애들끼리의 싸움이 어른싸움으로 번지기도 하고, 심지어 육포나 락酪(치즈) 한 조각 때문에 다 큰 어른들이 주먹다짐을 벌이기도 합니다."

사람들이 고개를 끄덕였다.

"우리 고구려 땅으로 월담한 애를 꾸짖었더니 당태종이 나섰습니다. 그가 우리 땅, 우리 밥솥을 통째로 먹겠다고 합니다. 그가 죽기 살기로 덤비니 그 뜻을 들어줘야 하지 않겠습니까. 이번에 그를 죽여 두 번 다시 우리 땅을 넘보지 못하게 해야 하지 않겠습니까!"

백성들이 '옳소' 외치며 우레와 같은 박수를 보냈다.

"하나만 기억해 주십시오. 어제 왔든 오늘 왔든 이 안시성에 발을 디딘 이상 여러분은 안시의 사람입니다. 안시성은 우리 고구려의 영혼이자 자존심입니다. 여러분이 고구려의 역사를 새로 쓸 것이며, 그 역사는 후손들에게 영원토록 전해질 것입니다. 여러분은 누구입니까?"

사람들이 입을 모아 소리 질렀다.

"안시성 사람입니다."

하루성주가 말했다.

"여러분은 누구입니까?"

사람들이 답했다.

"고구려의 자존심입니다!"

하루성주가 손을 들어 흥분한 사람들을 진정시켰다.

"오늘 해가 지면 안시성의 모든 성문이 닫힙니다. 이 전쟁이 끝날 때까지 열리지 않을 것입니다. 지금 나가지 않으면 나가지도 못하고 또한 들어오지도 못합니다. 성 밖으로 나갈 수 있는 마지막 기회를 드립니다. 선택하십시오."

다를 침묵한 가운데 한 사내가 번쩍 주먹을 들었다. 주변에 있던 사람들이 그 사내를 목말을 태웠다. 사람들 사이에서 솟아오른 사내가 외쳤다.

"저는 평강공주님을 지키러 왔습니다!"

사람들이 보내는 갈채와 환호성이 아주 오래도록 계속되었다. 외지에서 온 사람들 사이에서 양만춘은 낯선 이름이었다. 그들은 안시성에 도착하고 나서야 평강에게 손녀 양만춘이 있음을 알았고 평강이 아닌 그녀가 성주임을 알았다. 양만춘이 부모를 잃은 고아라는 사실도 비로소 알았다. 하루성주가 말했다.

"다들 아시겠지만 요동성이 함락되었습니다. 이 전쟁에서 죽은 우리 겨레들의 명복을 빌어주십시오."

어떤 이는 고개를 숙이고, 어떤 이는 가슴을 부여잡고 자리에 주저앉아 울음을 삼키며 죽은 자를 애도했다.

"여러분 모두 안시성 사람임을 잊지 마십시오. 이상입니다."

사람들은 그 마음속에 안시, 그 거룩한 이름을 새삼 한 번 더 담았다.

선전포고한 대로 다음날 당태종은 총관들과 병사들을 이끌고 안시성에 육박했다. 저 멀리 안시성이 있었다. 동이 갓 트기 시작한 안시성은 여느 때와 다를 바 없이 태평해 보였다. 안시성 주변을 둘러보는 당태종의 시선을 사로잡는 것이 있었다. 소름끼치는 것, 수만 명의 인골로 된 탑이 우두커니 서 있었다.

해골들이 왜 땅에 묻히지 못하고 이렇게 무더기로 쌓여있는 것인가. 해골들 사이사이에 군데군데 찢어지고 색이 바랜 글씨가 남은 깃발이 보였다. 퇴색된 수나라의 깃발이 뼈다귀에 사무친 사연을 당태종에게 전해주었다. 당태종은 그가 목격하는 광경이 믿기지 않은 듯 장손무기에게 물었다.

"저것이 말로만 듣던 경관인가?"

"그러하옵니다."

"괘씸한 놈들! 아직도 경관을 허물지 않았단 말인가. 몇 해 전에 고구려에 화친을 청하여 지난날의 포로들을 돌려받지 않았는가. 그와 함께 경관도 허물었다고 하지 않았는가."

장손무기가 면목 없다는 듯 고개를 숙였다.

"그렇습니다. 하지만 안시성 성주가 연개소문의 말을 듣지 않았답니다. 해서 유독 이 안시성에만 경관이 남아 있는 것입니다."

계필하력이 발끈했다.

"경관을 두고 볼 수는 없습니다. 전투에 앞서 저 유골들을 수습해 묻어줘야 합니다."

당태종의 신하들은 이구동성으로 계필하력의 말에 동의했다. 계백이 당태종에게 말했다.

"저 경관은 황상의 분노를 불러일으키려는 안시성의 수작입니다. 자존심 때문에 저 시신들을 수습하려 하다가는, 수습하러 나간 병력의 손실이 있을 것입니다. 게다가 저 경관은 수양제의 실패를 보여주는 것입니다."

아사나사이가 벌떡 일어났다.

"대당의 천군에게 모멸감을 주는 저 경관을 어찌 그냥 보아 넘기랴. 안시성에서 병사들을 보내 기습을 한다 해도 우리는 오십 만이다. 적들은 성안에 숨은 십만 생쥐 떼에 불과하다."

당태종이 결단을 내렸다.

"저 경관은 우리 병사들에게 열등감을 심어주고 패배의식을 불러일으킬 수 있다. 유골을 땅속에 묻어줘라. 자존심을 팽개쳐두고 전쟁을 치르는 것은 옳지 않다.”

군령을 받은 당나라병사 일천 명이 아침식사를 마치자마자 경관을 향해 다가갔다. 병사들이 경관을 수습하는 것을 안시성에서 모를 리 없었다. 안시성 성벽 위에서 궁수들이 일천 걸음이나 나가는 쇠뇌를 날렸다. 묵직한 쇠뇌 수천 발이 당나라군의 방패를 뚫고 그들의 몸과 경관에 꽂혔다.

일천 병사의 태반이 쓰러지자 당나라 진영에서 삼천의 보병과 공병이 다시 출동했다. 그들은 경관을 지나 안시성을 향해 통나무로 초승달모양으로 목책을 쌓았다. 목책 안쪽에서 땅을 파고 해골을 묻는 작업을 진행했다. 안시성에서는 멀리 쇠뇌만을 쏘아댈 뿐 성 밖으로 병사들을 보내지는 않았다.

땅에 구덩이를 만들어 묘지를 만드는 작업은 생각보다 시간이 오래 걸렸다. 해질 무렵이 되어서야 땅 밖에 있던 해골이 모두 땅속으로 들어갈 수 있었다.

“당나라황제는 우리 안시성의 경관이 어지간히 마음에 거슬렸나봅니다. 아예 허물어 땅에 묻어 버렸으니 말이오.”

여인의 음성이 성벽 위에서 들려왔다. 막사 밖을 순시하던 당태종이 그 목소리에 고개를 돌렸다.

“저 여인이 양만춘인가?”

“그런 듯싶습니다.”

계백이 대답하자마자 다시 하루성주의 목소리가 울렸다.

“평양성까지 갈 갈이 먼 황제가 시간이 남아도는 것이오!”

하루성주의 조롱에 당태종이 진영으로 돌아왔다.

당태종의 선전포고가 없었더라도 안시성은 이미 전쟁 준비가 돼있었다. 당나라군이 나타나기만을 기다리고 있는 사람들 사이에 갑옷을 입은 하루성주가 모습을 드러냈다. 체구는 작았지만 그 기개는 포진해 있는 아두치 장군을 비롯한 다른 장수들에게 뒤지지 않았다. 하지만 하루성주에게는 생애 첫 전투였다. 저절로 손바닥에 땀이 배어나오는 긴장은 감추지 못했다. 아무도 모르게 손바닥의 땀을 옷에 문지르던 하루성주는 아두치장군과 눈이 마주치고 말았다. 괜찮은지 묻는 아두치의 눈빛에 하루성주가 걱정 마라는 듯한 표정을 보이고 시선을 다시 밖으로 돌렸다.

언제 공격해 올 것인가. 경관을 허물고 해골을 묻은 당나라군이 철수한 지 기껏해야 한 식경의 시간만 흘렀을 뿐인데, 기다리는 사람들은 몇 시진이 흐른 듯한 착각이 들었다.

당나라군 진영에서 움직임이 생기자 다들 검과 창을 쥔 손에 힘이 들어갔다.

"저, 저, 우리 사람 아냐?"

누군가의 외침에 안시성 성벽이 웅성거렸다. 하루성주는 수십여 명의 당나라군이 피난민들을 끌고 오는 것을 보았다. 줄에 묶인 채 끌려오는 그들은 산발한 머리에 찢어진 옷을 걸치고 있었다. 거리가 가까워지자 그들이 누군지 알아보는 사람들이 생겨났다.

"가막골 오씨 할아버지, 할머니시네."

"저, 저기는 정씨네 딸인데, 제 어미 아비는 안 보이네."

성벽 위에 있던 사람들이 벌 떼들이 성난 것처럼 일제히 들끓었다. 전쟁 중에 저렇게 백성들을 끌고 나오는 것이 무슨 의미인지 모르는 사람은 없었다. 애가 끓었지만 아무것도 할 수 없어 더더욱 분해했다. 소란스런 소리에 한 풍채 좋은 여자가 성벽 계단을 뛰어 올라갔다. 발에 붕대가 감겨 있는데도 여자는 절룩이지도 아파하지도 않았다. 성벽 위에 올라서자마자 그녀는 제 식구들을 보았다.

"아, 아나야! 여보오!"

나루골의 참상을 안시성에 알려온 요동댁이었다. 악을 쓰며 몸부림을 치는 요동댁이 혹시 성벽에서 밖으로 뛰어내릴까봐 사람들이 그녀의 몸을 붙들었다. 하지만 딸이 겁간당하는 걸 뒤로한 채 안시성으로 발길을 재촉해야 했던 어미의 심정은 그 어떤 손길로도 눌러지지 않았다.

"요동댁."

요동댁이 뒤를 돌아보았다.

"성주님, 어째요. 우리 아나, 저 사람 어떡해요."

요동댁의 손을 잡는 하루성주의 손이 그녀의 몸부림을 멈추게 했다. 요동댁은 그녀보다 많은 슬픔을 담고 있는 하루성주의 눈을 보았다. 문득 요동댁은 깨달았다. 저 사람들은 하루성주가 그 이름과 얼굴을 알고 있는 사람들이라는 것을. 이름이라도 몰랐으면 그냥 남의 일이라 여겼을 텐데, 얼굴이라도 몰랐으면 그냥 수많은 안시성 백성 가운데 한 명일 뿐이었을 텐데, 하루성주는 그러질 못했다.

당나라군 사이에서 삼십대로 보이는 건장한 사내가 앞으로 나왔다. 돌궐을 상징하는 초승달 모양의 장식과 늑대 문양으로 보아 왕가의 사람이었다.

"나는 대당 황제의 사위이자 돌궐의 왕자인 아사나사이다. 안시성의 백성들은 들어라. 이 전쟁은 너희 연개소문의 쓸데없는 고집과 오만함이 자초한 것이다. 우리의 목표는 오직 연개소문일 뿐 너희 안시성의 파괴와 백성들의 피를 원하지 않는다. 이미 사신을 보내 길만 내어주면 안시성은 지난날처럼 평화롭게 살 수 있도록 해주겠노라 전했으나, 성주가 계집이라 그런지 까탈이 심하여 사신의 목을 잘라 보냈다. 그래도 하해 같은 황상의 은혜로 마지막 기회를 준다. 성문의 빗장만 열면 모두 산다. 지금의 성주가 성을 계속 다스리게 하겠다. 우리는 너희의 동전 하나도 강탈치 않을 것이다. 고집스레 문을 열지 않으면 강제로 열 수 밖에 없으니, 그러면 나의 이 주체할 수 없는 칼로 반드시 피를 보리라!"

안시성을 처녀인 하루성주에 빗댄 아사나사이의 격장지계에 당나라군이 음흉하게 웃었다. 적장인 하루성주의 감정을 자극해서 손해 볼 게 없다고 생각한 건 아사나사이의 오판이었다. 무역의 요충지인 안시성은 숱한 종족의 수많은 상인들이 오가는 곳이었다. 상당수의 주민들이 돌궐어와 당나라 말을 알아들을 수 있었다. 안시성 주민들은 얼마 전까지만 해도 고구려의 동맹국이었던 돌궐의 왕자 아사나사이의 말에 이를 갈 정도로 분노했다.

"저저, 저 놈이 지금 뭐라는 거야? 혀를 잘라 네 목구멍에 쳐 넣을 것이다."

"뭐라 씨불대는 거냐? 네 아비인 처라가한이 그리 가르쳤냐!"

돌궐말을 할 수 있는 사람들은 아사나사이에게 돌궐말로 욕을 했다. 당나라말과 고구려말로도 악담에 욕이 사방에서 터져 나왔다.

낯빛 하나 변하지 않고 아사나사이는 느물거렸다.

"쓸데없는 자존심으로 공연히 개죽음 당하지 말고, 곱게 말할 때 성문 열어라. 이번이 마지막 기회다. 이미 한 번의 기회를 성주 년이 내쳤으니, 오래 시간을 줄 수 없다. 지금부터 딱 한 식경 준다."

아사나사이의 말이 끝나자마자 안시성에서 쌍욕이 쏟아져 나왔다.

"네놈 따위에게 누가 성문을 열어. 네 똥구멍을 열어주랴."

"저놈의 새끼가 어따 대고 년이야, 년이! 네 에미가 년이다."

"여기가 어딘 줄 아냐! 고구려의 심장인 안시성이다! 우리는 천하를 호령하는 대고구려의 백성이다!"

안시성의 격앙된 반응에 아사나사이가 코웃음을 쳤다. 아사나사이가 뒤로 물러서자 당나라군이 한 줄로 엮인 다섯 명의 피난민들을 앞으로 끌고나와 그들의 무릎을 꿇렸다. 이 광경을 본 안시성 주민들은 순간 심장이 멈춘 듯 일제히 입을 다물었다. 당나라군은 거침없이 칼을 치켜들었고 망설이지 않고 내리쳤다. 순식간에 다섯 개의 목이 땅으로 떨어졌다.

성벽 위의 사람들은 손으로 눈을 가리고, 고개를 돌리고, 마치 자기가 칼을 맞은 것처럼 외마디 비명을 터트리기도 했다. 어떤 이들은 분개하여 허공에 고함을 질렀다. 피난민들의 최후를 부릅뜬 눈으로 지켜본 요동댁은 무릎이 꺾여 제자리에 주저앉았다. 하루성주는 하얗게 된 낯빛으로 눈을 깜박이지 않고 그 모습을 바라보았다.

당나라군이 이번에는 여자들을 끌고 왔다. 여자들은 이제 소리칠 기운도 없는지 비틀거리며 당나라군이 끄는 대로 딸려 나올 뿐이었다. 여자들의 옷을 대충 찢고 희롱을 하기 시작했다. 여자들 가운데 아나를 를 본 요동댁이 악을 쓰며 성 밖으로 뛰어내리려 했다. 사람들은 그녀를 말리

느라 진땀을 흘렸다. 몇몇이 화살을 재어 당나라군을 겨누었으나 사람들이 말렸다.

"우리 사람이 맞으면 어쩌려고 그래."

"그럼 저 꼴을 보고 내버려두란 말이야. 차라리 죽는 게 나을지도 몰라."

활을 떨어뜨리는 사내가 분한 눈물을 흘렸다. 사람들이 분통을 터트리는 동안 하루성주는 시간이 멈춘 그림처럼 저 천인공노할 짓을 바라보았다. 피난민들 가운데 한 사람이 일어나 성 안 사람들에게 손짓을 하기 시작했다. 벙어리 평성이 뭔가를 하루성주에게 말하려는 듯싶었다. 평성이가 아니냐는 사람들 말에 요동댁이 자리에서 일어났다. 요동댁이 그의 손짓을 읽었다.

"성주님, 저 평성이는 수나라에 태어나, 30년 전 고구려에 죄를 짓고도 이 안시성에서 사람답게 살았습니다. 성주님, 우리는 살기 틀렸습니다. 행여 성문을 열어 저를 더 큰 죄인으로 만들지 마십시오. 여보, 우리 이 안시성에서 다시 태어나 행복하게 살자. 꼭 이 안시성에서. 꼭."

평성은 '꼭 이 안시성에서 다시 태어나 행복하게 살자'는 손짓을 반복하였다. 그를 꿇어앉히려 했어도 말을 듣지 않자 당나라군이 평성의 다리를 칼로 찔렀다. 요동댁이 넋이 나간 듯 눈도 뜨지 못하고 멍하니 중얼거렸다.

"성주님, 저이 소망을 들어주세요."

말을 마친 요동댁은 혼절을 하고 말았다.

하루성주가 떨리는 주먹을 꼭 틀어줘었다.

"여러분을 살리고 싶습니다. 여러분을 구하고 싶습니다. 그러나 그럴 수 없습니다. 죽어서도 안시성을 못 떠나겠다는 평성아저씨 고맙고, 아나야 미안하다. 여러분 죄송합니다."

무심한 하늘로 하루성주가 눈길을 돌리자, 아두치장군이 고구려군에게 군령을 내렸다.

"궁수들은 화살을 장전하라."

군사들은 울면서도 추상같은 명령에 무섭도록 신속히 동작했다.

고구려군의 모습을 보고 아사나사이가 재빨리 고삐를 당겨 말머리를 돌리니 기병들이 그를 뒤따랐다. 성벽에서 아두치장군이 올렸던 팔을 내렸다.

"발사."

허공에 포물선을 그린 수천 개의 화살이 당나라군과 피난민들이 자리한 곳에 떨어졌다. 한 차례 화살을 더 날리자 그 자리에 있던 사람들 모두가 즉사했다. 가까스로 사정거리 밖으로 벗어난 아사나사이를 비롯한 기병들은 당나라진영으로 돌아갔다.

둥. 두둥. 둥. 둥. 두두둥.

당나라 진영에서 북소리가 우렁차게 울렸다. 나팔 소리가 병사들의 심장을 흔들었다. 와아! 50만이 일시에 내지르는 함성에 안시성 성벽이 흔들리는 것 같았다. 자신들의 손으로 이웃마저 죽여야 했던 안시성군사는 더 이상 두려운 것도 거칠 것도 없었다.

"그래, 와라! 제발 와라!"

"오십만? 한 사람이 네 놈들 열씩 죽여 끝내버린다. 이놈들!"

"오늘 까마귀들 배 터지게 해 주마! 네 놈들 눈알만 파먹어도 세 달은 배 고프지 않게 해주마!"

당나라군의 만행에 치를 떨었던 안시성군사는 적들이 어서 오기를 바랐다. 당나라군 하나둘을 죽여서는 분이 풀리지 않을 듯한 기색이었다. 형형한 눈빛으로 다들 무기를 움켜쥐었다.

구령에 맞춰 당나라군이 움직였다. 발을 맞춘 그들의 진군에 대지가 울렸다. 처음엔 당태종의 친정군 50만에 이세적의 선봉군을 합해 총 65만이었다. 그 가운데 3만은 요하가 삼켰고 7만은 요동벌과 주필산에 묻혔고, 남은 55만 대군이 안시성을 향하여 행진했다. 그들 사이로 거대한 충차에, 포차, 운제차가 이동했다. 공성무기들의 크기는 소 네 마리가 앞에서 끌고 뒤에서 수십 명의 당나라군이 달라붙어 밀어야 할 만큼 거대했다.

645년 6월 20일 안시성 전투가 시작되었다.

8. 전쟁과 여자

소나기처럼 쏟아지는 화살에 당나라군의 전열이 흐트러지는 듯싶었다. 곳곳에서 대열이 무너지면서 새까맣게 달려오던 당나라군이 흩어지며 맨 땅이 좀 보이는 듯도 했다. 하지만 그것은 잠시였다. 북소리에 떠밀리듯 밀려오는 당나라군에 의해 그 넓은 대지가 다시 메워졌다. 당나라군과 안시성군의 고함이 하늘과 땅에 가득했다.

안시성이 화살을 아낌없이 퍼부었어도 당나라군의 전진속도를 늦추지 못했다. 화살보다도 많은 당나라군의 사람 수 때문이었다. 평지에 자리한 동, 서, 남문을 향하여 새카맣게 다가오는 55만 당나라군은 죽이고 또 죽여도, 창으로 허공을 가른 듯 표시가 나지 않았다.

드디어 운제차의 사다리가 안시성 성벽에 처음으로 걸쳐졌다. 안시성 군사가 쇠막대기로 성에 걸쳐진 사다리의 끝을 있는 힘껏 밀었다. 사다리를 타고 있던 당나라군이 고드름처럼 땅으로 추락했다. 하지만 다음 또 그 다음 운제차의 구름다리가 계속 안시성 성벽 위에 걸쳐졌다. 위에서는 외줄 공중곡예 하듯 사다리를 건넜고 성 밑 당나라군은 사다리를 타고 올라갔다.

충차가 안시성 남문을 강타하자 거대한 성문이 쿵 소리를 냈다. 충격을 견디지 못한 성문의 나무 조각이 조금씩 튀었다. 당나라군은 몰랐지만 안시성 남문은 충차로 부술 수가 없었다. 아니 나무로 된 성문을 부술 수는 있었으나, 성문 뒤는 빈 공간이 아닌 흙이었다. 겉은 성문처럼 보였어도 성벽이나 마찬가지였다. 성문이 굳게 닫힌 어제부터 안시성과 바깥세상을 이어주는 유일한 통로는 북문밖에 없었다.

양이지가 하루성주에게 말했다.

"성주님, 충차를 역청공으로 공격하는 건 어떻겠습니까?"

"적은 아직 안시성의 동, 서, 남문이 문이 아닌 성벽인 줄 모릅니다. 충차는 제 스스로 움직이지 못하니, 그것을 움직이는 군사들을 제압하면 됩니다."

양이지는 역청공을 어디에다 써먹을지 궁리를 더 해야 했다. 하루성주가 아두치장군에게 물었다.

"화공에 대한 대비는 어떻습니까?"

"우리 안시성은 지붕이 쇠와 구리로 된 철옥이 많아 큰 걱정은 아닙니다. 목조 주택가에는 불을 잡는 금화부대를 배치해 두었습니다. 그리고 잘 아시다시피 우리 안시성엔 성 밑을 흐르는 지하수가 있어 우물물이 풍부하잖습니까. 아무리 가물어도 물이 부족할 리 없으니 걱정거리 하나는 던 셈입니다."

아두치장군이 안시성군사에게 명을 내렸다.

"물기름을 투하하라!"

가마솥에 담긴 기름 섞은 뜨거운 물을 사다리를 오르는 당나라군을 향해 쏟았다. 사다리를 오르던 당나라군이 비명을 지르며 우수수 떨어졌다. 휘청휘청하며 끓는 물을 용케 피한 당나라군도 위에서 떨어지는 아군에 밀려 땅바닥으로 추락하고 말았다. 물기름에 덴 당나라군이 고통으로 몸부림쳤다. 빨리 벗기 어려운 갑옷 탓에 고통이 배가되었다. 갑옷 안으로 흘러들어간 물기름에 살이 익고 타들어갔다.

움직임이 둔한 운제는 빠른 불화살을 피하기 힘들었다. 운제에서 불이 타오르자 사다리를 오르는 당나라군의 흐름이 끊어졌다. 당나라군 사이에서 수많은 운제가 화마에 휩싸인 가옥처럼 그 자리에 주저앉았다.

*

요동댁이 앓는 소리와 함께 눈을 떴다. 요동댁을 간호하던 칠구댁이 그녀에게 말했다.

"고맙네. 살아 있어줘서 고맙네."

벙어리 평성이 아무리 바랐어도, 요동댁의 용단은 제 손으로 제 식구들의 목숨을 끊는 일이었다. 칠구댁은 다음 말을 잇지 못하고 잇따라 고맙다는 소리밖에 못하였다. 요동댁이 그녀의 손을 부여잡고 뜨거운 눈물을 흘리는 여인을 보았다.

"치, 칠구댁? 칠구네는 요동성에서 사는데? 내가 꿈을 꾸는 겐가."

충격에서 헤어나지 못하고 얼이 빠져있는 요동댁에게 제 입으로 현실을 말하기 어려워 칠구댁은 그녀의 손을 잡고 고개만 저었다. 입술을 깨물고 있어도 저절로 나는 눈물을 막지 못하였다.

요동댁이 침대에서 일어나려 하자 칠구댁이 부축했다. 요동댁이 말했다.

"괜찮아. 아나 아빠나 좀 불러줘. 엄마가 이리 아픈데, 아나 애는 어디 간 거야? 그런데 여기가 어디야? 내가 왜 여기 누워 있었어?"

칠구댁은 미어지는 가슴을 틀어쥐었다.

"공주님 댁이야. 기억 안 나?"

"공주님 댁? 평강궁? 내가 왜 여기?"

말을 하던 요동댁의 눈이 급변했다. 평성과 아나의 죽음을 떠올린 그녀는 급작스레 눈이 감겼다. 아나의 이름을 부르려했는데 말은 나오지 않고 목에서 끅끅 소리만 나왔다. 요동댁은 목 놓아 울지도 못했다. 그런 그녀를 칠구댁이 꽉 끌어안고 대신 통곡을 해주었다.

오랜 시간이 흐르자 창에 햇살이 가시고 있음이 느껴졌다. 햇살이 한 가득이었던 곳에 그림자가 드리우더니 해거름의 빛만 실내에 남았다. 인형처럼 멍하니 있던 요동댁이 서서히 몸을 일으켰다. 하루 만에 스무 살 나이를 먹은 듯 머리가 새지고 주름이 깊어졌다.

요동댁은 요동성에서 태어나서 요동댁으로 불렸다. 그녀는 평민들도 사람 대접받으며 산다는 안시성을 구경하러 왔다가 병어리 평성을 만났다. 그와 혼례를 올리고 안시성에 눌러앉아 그녀가 기대했던 것 이상 사람답게 살았다. 머리와 옷매무새를 가다듬던 요동댁이 갑자기 칠구댁 손을 잡았다.

"어떻게 여기까지 왔어?"

"요동성이 당했잖아."

"칠구아제는? 애들은?"

"미안타. 같이 왔소."

"살아 다행이다. 정말 다행이다."

요동댁이 머뭇거리다가 마지못해 대답을 한 칠구댁의 손을 잡아주었다. 안시성 성벽을 놓고 벌이는 전투의 소음이 들려왔다. 순간 요동댁이 제 털가죽에 불붙은 짐승마냥 껑충 뛰어 자리에서 일어났다. 칠구댁이 그런 요동댁을 붙잡고 늘어지자 요동댁이 말했다.

"싸우고 있잖은가. 싸워야지! 가 놈들을 죄다 박살내야지!"

덩치가 비슷한 칠구댁이 붙들고 늘어지는데도 요동댁은 문 앞까지 나아갔다. 칠구댁이 말했다.

"이보시게. 자네를 쉬게 하라는 게 성주님 명이었어!"

"아니, 성주님 명이 아니라 공주님 명이어도, 난 저놈들 가운데 한 놈은 죽일 거야. 죽더라도 한 놈은 모가지를 꺾고 죽을 거야. 그럴 거야. 그럴 거야!"

"그래! 내 핏줄보다 더 살갑던 큰집 식구들이 저놈들 손에 다 죽었어. 다! 내 딸 같던 조카애가 여러 놈에게 한꺼번에 당했어. 장례는커녕 땅에다 묻어주지도 못했어. 나도 싸우려고 왔네. 그러니, 그러니 먹게. 이 죽먹고 나랑 같이 나가 싸워. 그리고 우린 살아남아야 하네. 특히 자네는 아나에 평성아제 뭇까지 오래, 남들보다 더 오래 살아야 하네. 안 그런가? 성주님이 내 손 잡고 말했어. 자네 살려야 한다고. 하루 이틀에 끝날 싸움 아닐세. 먹고 기운을 차린 다음 놈들을 죄다 죽일 그날까지 싸워야 해! 안 그런가?"

넋이 나간 듯 요동댁이 서 있었다. 칠구댁이 그녀를 탁자로 데려간 다음 그녀 앞에 죽 그릇을 내놓았다. 요동댁 손에 숟가락을 쥐어주고 그녀도 의자에 앉아 죽을 먹기 시작했다.

"먹어. 먹어야 살고, 살아야 복수할 수 있어."

밖은 완연한 저녁이었지만 전투의 소음은 여전하였다. 꺼질 듯하던 등잔불이 다시 살아나 방 안에 있는 두 여인을 비추었다. 굳은 낯빛으로 꾸역꾸역 죽을 먹는 여인들의 그림자는 등잔의 기름이 떨어진다 해도 한없이 일렁일 듯했다.

*

햇빛 대신 하늘에서 어둠이 내려오자 당나라군 진영에 횃불이 켜졌다. 50만 대군이 머무는 곳의 불빛이 밤하늘의 별무리 같았다. 하지만 안시성은 성 중심부에는 불빛이 있었으나 성벽 쪽은 거의 어둠에 가까웠다.

당태종이 초조한지 자리에서 일어나 막사 밖으로 나갔다. 막사 밖에는 장손무기와 계백 그리고 근위병들만 있었다. 장군들은 여태 안시성에서 싸우고 있었다. 당태종이 횃불이 이글거리는 화로의 다리를 발로 걷어찼다. 화로가 쓰러지며 불꽃이 사방으로 튀었다.

"하루면 된다 하지 않았느냐. 하루 동안 쉴 새 없이 몰아붙이면 여성주가 오늘 밤을 눈물로 새고 내일이면 투항할 거라 하지 않았느냐. 지금쯤 성 안으로 진입해 잔당들을 제압하고 있어야 했다. 그래야 성주가 궁 안에 처박혀 울다 내일 백기를 흔들 것 아니냐. 군을 나눠 공격한 게 아니라 전군이 총 출격했다. 육십 만이란 말이다!"

안시성은 이틀이면 점령이 가능하다 장담했던 장손무기가 고개를 들지 못했다. 겨우 장손무기의 입이 열렸다.

"늙은이 평강을 상대할 줄 알았는데, 양만춘이 제법 병법을 아나 봅니다. 저들의 병사가 정문인 남문에 치중해 있는 듯하니, 동, 서, 북쪽을 번갈아가며 공략하겠습니다. 한쪽 문은 반드시 허물어 질 것입니다."

계백이 졸린 듯 하품을 했다. 그러잖아도 당태종에게 면목이 없던 장손무기가 계백에게 다가섰다.

"황상 앞에서 그 태도는 무엇인가. 너무 안일한 것 아닌가!"

계백이 자리에서 일어났다. 장손무기를 쳐다보는 계백의 눈빛이 형형했다.

"안일하다니요. 백제와 당나라가 같은 편이기에 제가 여기에 이렇듯 있는 것입니다. 만약 당나라군이 이대로 물러난다면, 백제는 고구려의 사나운 보복을 받을 것입니다. 그런데 늙은 평강을 상대할 줄 알았는데, 기껏해야 병서 몇 줄 읽은 양만춘 성주 때문에 현재 전세가 예측과 다르다 했습니까? 오늘 안시성을 공격하는 방법이 요동성 공략법과 무엇이 달랐습니까? 안시성과 요동성이 같습니까? 새로운 방안을 구상해야 하지 않겠습니까?"

"그래, 화공이다! 요동성을 무너뜨린 것도 화공이었다! 황상, 화공을 하겠습니다."

똑똑히 들으라는 듯 계백이 크게 비웃었다. 그 모욕적인 비웃음에 장손무기의 얼굴이 시뻘게졌다. 당태종이 계백에게 물었다.

"우리 대당의 행군대총관이자 짐의 처남인 장손무기가 그리 가소로운가?"

"잠시 우스웠습니다."

"그 말 하나로도 난 네 목을 칠 수 있다."

"제 답이 더 궁금하실 것이라 믿습니다. 저도 좀 반성 중입니다."

머리까지 긁적이며 계백이 아쉬워하자 당태종이 궁금해 했다.

"무엇을 반성중이냐?"

"이틀이면 가능하다는 헛소리에 목 멜 것이 아니라 이쯤에서 병사들을 쉬게 하고 제대로 전술을 짜는 게 어떻겠습니까?"

장손무기가 버럭 화를 냈다.

"하루에 삼만 가까이 잃은 전투입니다. 요하, 요동성, 주필산까지 모두 합하여 십만을 잃었는데, 안시성에서 하루 만에 삼만 가까이 잃었습니다. 여기서 물러서면 병사들이 총관들의 명을 우습게 알 것입니다. 지금이라도 화공을 해야 합니다."

당태종이 장손무기와 계백을 번갈아 보았다. 잠시 상량하던 당태종이 결정을 했다.

"여자를 상대로 오래 싸우기 싫다. 화공을 허한다."

당태종에게 감사를 표하고 장손무기가 전장으로 향했다. 당태종이 계백에게 다가왔다.

"가끔은 싸우고 싶은 만큼 싸워야 끓는 피가 진정된다."

"황상께서 충신을 아끼시는 마음이 하해 같습니다. 그렇지만 병사들에게 쓸데없는 피로가 쌓일까 우려스럽습니다."

당태종이 멀리 안시성을 바라보며 알 수 없는 웃음을 지었다.

"안시성을 함락에 이틀 만에 함락시킨다는 말을 난 믿지 않았다. 하지만 희생은 예상보다 크구나."

당나라군의 효시가 공격 개시를 알렸다. 이어 불화살 수만 개가 깜깜한 밤하늘을 향하여 높이 솟구쳤다 안시성 안으로 떨어졌다. 기름먹인 불화살이 안시성 성루와 건물에 쏟아졌지만 태반의 불화살은 안시성의 합금 기와에 막혀 제 효력을 발휘하지 못하고 꺼져갔다. 간혹 불길이 인 곳에는 금화대가 수로에서 물을 끌어와 불을 껐다. 불이 제 명을 다했음을 알리는 희뿌연 연기가 검은 밤하늘을 배경으로 희미하게 솟아났다. 성 안에서 불길이 활활 일어나기를 기다리던 장손무기는 어이가 없었다.

"왜 불이 꺼지는 것이냐? 도대체 무엇이냐! 어찌하여 화공조차 통하지 않는단 말이냐! 쏴라, 계속하여 쏴라! 안시성을 모조리 태울 때까지 쏴라!"

장손무기의 불호령에 당나라군이 불화살을 장전하고서 하늘을 향해 치켜들었다. 그런데 하늘에 뭐가 떠 있었다.

"저게 뭐지? 달인가?"

"달이 저렇게 많아? 어, 이쪽으로 날아오잖아."

당나라군이 달이라 착각했던 공은 땅에 떨어지자마자 터지며 사방에 수상쩍은 냄새와 끈적이는 액체를 흩뿌렸다. 액체의 정체를 확인하던 당나라군이 순간 불길에 확 휩싸였다. 불길에 휩싸인 병사가 놀라 바동거릴수록, 화상의 고통에 허우적거릴수록 불은 다른 곳에 옮겨 붙었다. 불타는 공이 계속 떨어지자 빗물이 고인 듯한 지점은 불바다가 되었다.

화염에 놀란 타로가 계백에게 뛰어왔다.

"저게 뭔데 불에 탈 만한 것이 없는데도 타오릅니까? 저런 화공도 있습니까?"

안시성에서 거듭 날아오고 있는 공과 타오르는 불길을 바라보며 계백이 말했다.

"역청이다. 냄새도 나지 않느냐."

"며칠 전 그 해골탑 근처에서 보았던 그 역청입니까?"

타로가 본 계백의 얼굴은 흥분한 듯 상기되어 있었다. 곧 타로는 역청의 이글거리는 불길 때문에 계백의 얼굴이 붉게 보였다는 걸 알았다. 계백이 타로에게 말했다.

"역청으로 당나라군을 쳐부수려 이만큼 골똘히 연구했구나."

"그게 무슨 말씀이십니까요? 역청은 불씨만 닿아도 불이 일어난다 하지 않으셨습니까. 그렇다면 저게 당연하지요."

"아니다. 분명 불씨만 닿아도 타는 역청이지만, 그것을 화공에 이용하기 위해서는 역청을 적의 진영까지 날릴 수 있어야 하고 발화시키는 뭔가가 있어야 불이 붙을 게 아니냐? 아마 진흙으로 공을 만들어 그 안에 역청을 넣고 봉한 뒤 진흙을 잘 말린 다음, 공 외부에 다시 역청을 발라 불을 붙였을 것이다. 공은 떨어지는 순간 깨지고 안의 역청은 쏟아져 나오겠지. 그 역청이 외부에 남아있던 불씨를 만나 불이 붙는 거 같구나. 저 역청공은 평강의 지혜일까, 아니면 하루성주의 작품일까? 둘 다 아니라면, 양이지!"

타로의 귀에 계백의 말이 들리지 않았다. 역청공이 떨어진 곳에서 순식간에 일어난 불길이 당나라 진영 군데군데를 초토화하는 모습에 타로는 정신이 팔렸다. 저것은 할머니가 해줬던 옛날얘기 속 도깨비불이었다.

밤을 넘겨 아침이 될 때까지 밀고 당기는 각축전과 치고받는 난타전이 계속되었다. 운제를 타고 성벽을 넘어선 당나라군 몇몇이 있었으나 그들은 곧 안시성군의 칼 아래 쓰러졌다. 충차는 동, 서, 남문뿐 아니라 유일한 성문으로 남아있던 북문도 뚫지 못했다.

장손무기가 포기하지 않을수록 당나라군의 피해는 커져갔다. 반면 안시성의 손실은 미미했다. 그런데 오늘 하루의 전투는 당나라군에게 보이지 않는 피해를 입혔다. 이 첫 전투를 통해 하루성주가 성장했다. 당나라군에게 두고두고 회자될 무서운 전설이 자라기 시작한 것이었다. 게다가 꼬박 하루가 지났는데도 안시성 백성들은 지치지 않았다. 몸놀림이 둔해지기는커녕 실전 감각을 되찾은 듯 손발이 맞았다. 심지어 안시성군과 백성들은 전투 중 육포와 주먹밥과 소와 돼지 뼈를 우려낸 육수로 배까지 채웠다.

"배고프면 진다. 군량이 남아있는 한 병사들을 배 불리 먹여야 한다. 식량이 바닥나면 죽기 살기로 적의 군량을 탈취하면 된다."

이렇게 하루성주가 말한 반면 장손무기는 이렇게 말했다.

"배고픔을 아는 자가 이긴다. 군량을 조금 부족한 듯 배급하라. 안시성 안에는 우리가 한 달 동안 먹고도 남을 만큼 많은 식량이 있다. 이기기만 하면 먹을 것은 저절로 생긴다."

당나라 행군대총관 장손무기와 고구려 안시성성주 양만춘, 이 둘의 생각의 차이가 첫 전투의 승패를 판가름하지는 않았다. 하지만 이러한 내용은 양측 진영을 몰래 드나드는 계백의 호위무사를 통해 계백에게 전해졌다.

당태종이 퇴각명령을 내리자 비로소 첫 전투가 끝났다. 퇴각 명령 소식을 듣고 장손무기가 당태종의 막사 안으로 뛰어 들어왔다.

"왜 군대를 물리십니까? 조금만 더 공격을 가하면 저 성은 무너집니다. 조금만 더."

피를 토할 듯 억울해 하는 장손무기를 향해 당태종은 고개를 저었다.

"그대가 말했다. 안시성은 이틀 만에 무너뜨릴 수 있다고. 오늘이 이틀 쨌데 우리 군사 몇이 저 성벽을 넘었는가?"

장손무기가 무릎을 꿇었다.

"제 수가 좀 모자랐습니다. 여성주를 얕보았습니다. 요동성 공격 때만큼만 시간을 주시면, 열흘이면 됩니다. 열흘 안에 성문을 열어젖히겠습니다."

"짐을 바보로 아느냐."

눈에서 불이 이는 듯했으나 당태종은 상대가 장손무기인지라 이내 화를 누그러뜨리며 자상히 말했다.

"그대 또한 바보가 아니다. 나는 고구려 전체를 상대하러 왔지 저 안시성 하나를 얻고자 이곳까지 온 것이 아니다. 이제 겨우 이틀째다. 하루 이틀 쉰다 해도, 네가 자신하는 마지막 열흘 안에 열면 되는 것 아니겠느냐."

장손무기가 고개를 주억거렸다. 안시성은 당태종과 장손무기의 예상은 물론 계백의 예상보다 더 선전하고 있었다. 당나라와 고구려 사이에서 백제의 이익을 꾀해야 하는 계백의 심정 또한 더 복잡해졌다. 하루 동안의 전투에 타로는 완전히 녹초가 되었다. 창칼을 들고 직접 싸운 것도 아니고 관전만 했을 뿐인데 정신이 하나도 없었다.

"당나라군이 물러간다. 놈들이 토낀다!"

안시성에서 점점 멀어져가는 당나라군을 보며 모두들 얼싸 안고 만세를 불렀다. 하루성주는 당나라군의 퇴각을 멍하니 바라보았다. 일단 끝인가. 하루성주에게 아두치장군이 다가왔다. 아두치가 여린 하루성주의 손을 두툼한 제 손으로 감쌌다.

"애쓰셨습니다. 어제와 오늘 안시성의 성주가 평강공주님에서 양만춘 성주님으로 바뀌었습니다. 하늘에 계신 온달 장군께서도 자랑스러워하실 겁니다."

하루성주의 손을 놓고 아두치가 그녀에게 무릎을 꿇었다. 아두치를 따라 다른 장군들과 병사들이 무릎을 꿇었다. 양이지를 비롯한 안시성 백성들이 무릎을 꿇어 하루성주에게 예를 표했다. 안시성은 원래 평강공주의 성이었다. 모두들 그래서 왔다. 해바라기가 해를 향하듯 고구려의 어머니라 불리는 평강의 명성을 따라 왔다. 하지만 오늘의 승리로 백성들은 하루성주를 안시성의 새 주인으로 받아들이기 시작했다. 모두 일어서서 외쳤다.

"하루성주 만세."

"안시성 만세."

"고구려 만세."

이렇게 안시성에서의 첫 전투는 끝났다. 모두가 고구려의 승리를, 안시성의 승리를, 하루성주의 승리를 외쳤다. 하지만 안시성의 구심점인 하루성주는 웃질 못하였다. 하루성주는 오늘의 승리는 그녀의 것이 아닌 장기간 전쟁에 대비한 할머니 평강공주의 승리라 생각했다. 그리고 이 전쟁은 아직 끝난 것이 아니었다. 하루성주는 물론 안시성의 그 누구도 이 전쟁이 앞으로 세 달이나 더 계속되리라 생각지 못하였다. 그것은 성 밖에 있는 당태종과 당나라군도 마찬가지였다. 저 먼 하늘에 먹구름이 생성되고 있었다. 머지않아 이레쯤 짧은 장맛비가 내릴 것이다.

9. 성문을 열다

초전 후 보름 가까이 시간이 흘렀다. 그 사이 장손무기는 황제에게 장담했던, 열흘 안에 안시성을 깨부수겠다는 약속을 지키려고 안시성에 맹공을 퍼부어댔다. 수적으로는 열세인 안시성은 총력전을 펼쳤다. 활을 쏠 수 있는 여자들은 말할 것도 없고 채 열다섯이 안 된 소년들까지 전선으로 달려갔다. 안시성의 성벽의 빈틈을 찾아 개미떼처럼 몰려들었다가 물러간 것은 사흘 전 일이었다. 그것은 자의가 아니었다. 나흘 넘게 쏟아지는 폭우 때문이었다.

장마는 빼앗으려는 자와 지키려는 자 양쪽 모두에게 귀찮은 존재였다. 비에 젖은 가죽갑옷은 천근만근 무거워졌고 땀방울을 무색케 하는 빗줄기에 시선은 가렸고 무기는 손에서 자꾸 미끄러졌다. 폭우는 성 아래 저지대에 위치한 당나라군에게 더 악조건이 되었다. 진흙탕이 된 땅은 각종 공성기기를 땅속으로 잡아끌었다. 느리게 전진하는 충차는 성문을 부수기는커녕 간질이는 수준이었다. 공성전에서 그나마 활약을 하던 공성기기가 무기가 아닌 거추장스러운 짐짝이 되자 당나라군 진영은 개점휴업인 음식점 같았다.

비가 오는 동안 안시성이 화공에 방심하고 있을 거라 믿고 장손무기는 다시 한 번 화공을 펼쳤다. 하지만 장손무기의 화공은 먹히지 않았고 양이지가 만든 역청공은 빗물을 타고 흐르는 불길이 되어 당나라군을 혼비백산하게 하였다.

밤늦게 하루성주가 평강의 내실을 찾아갔다. 당나라군과의 전투가 없었어도 하루성주는 갑옷 차림이었다. 하루성주가 촛불을 들고 조용한 발걸음으로 평강의 침상으로 다가갔다. 평강이 미동도 하지 않자 하루성주는 순간 불길한 생각이 들었다. 하루성주가 평강의 코끝에 그녀의 손을 대보았다. 평강이 눈을 떴다.

"이 할미가 벌써 죽었을까?"

하루성주가 안도의 숨을 토해냈다.

"할머니가 얼마나 강강하신 분인지 제가 가장 잘 알죠."

평강이 몸을 일으키자 하루성주가 침상에 앉았다.

"당나라군은 대략 칠만의 사상자를 냈다 합니다. 우리 손실은 그다지 크지 않습니다. 하지만 우리는."

하루성주가 말을 다하지 못하자 평강이 말했다.

"당연하지. 컸다면 네게 실망하였을 것이다."

순간 하루성주가 움찔했다. 나무라는 듯 평강의 말이 싸늘해서였다. 할머니에게, 고구려의 어머니 평강에게 위로를 받고 싶었다. 그녀의 기운을 북돋워주는 이야기를 듣고 싶어서 할머니를 찾아온 것이었다. 그런데 그녀의 유일한 가족인 평강의 말은 쌀쌀했다. 하루성주는 처음으로 어머니의 품안을 그려보았다. 평강의 말은 더 차가워졌다.

"할 말이 그것뿐이냐?"

평상시에 하루성주를 대하던 평강의 태도가 아니었고 그녀가 봐왔던 할머니의 모습이 아니었다. 당황한 하루성주는 아무런 대답도 하지 못했다.

"그럼, 가보거라."

이불을 덮고 평강이 누우려 하자 하루성주가 다급히 말했다.

"우기라 힘이 듭니다."

누우려던 평강이 잠시 멈칫하자 하루성주가 말을 이어갔다.

"습도가 높아지면서 하루 종일 갑옷을 입고 있는 병사들이 피부병을 호소합니다. 성 안의 시신은 수습하였으나 성 밖에 있는 적의 시신은 처리하기 어렵습니다. 우기에는 전염병이 돌기 쉬운데 어찌해야 할지 모르겠습니다."

"그걸 왜 내게 묻습니까. 성주가 해야 할 일입니다."

하루성주는 잔잔한 평강의 표정에서 그 어떤 기색도 읽지 못했다.

"할머니! 여자들과 소년들을 동원한 저를 원망하시는 겁니까. 전쟁에 아이들을 끌어들이지 말라 하셨는데, 그것을 어겨 저를 나무라시는 건가요. 반드시 이기기 위해, 할머니께서 가르쳐 주신 것 가운데 단 하나, 오직 한 가지만 어겼습니다."

하루성주의 목소리가 떨렸다.

"어쩔 수 없었습니다. 그리고 아이들이 바랐습니다. 아이들이 제 발로 전선으로 달려갔어요. 말리고 싶었는데, 성주는 그렇게 해서라도 성을 지켜야 하잖아요."

평강의 표정이 달라졌다고 생각한 건 하루성주의 착각이었다. 그녀의 희망이었을 뿐 등불의 요동이었다. 평강이 말했다.

"원망하고 말고 할 것이 뭐가 있습니까. 안시성의 성주는 양만춘성주, 당신입니다."

"아니요. 할머니도 나도 알잖아요. 안시성 성주는 내가 아니라 할머니세요. 전쟁에 미리 대비를 해둔 할머니 덕에 버티고 있는 거예요. 안시성 성주는 내가 아니에요. 내가 한 다른 방법들이 효과를 보니까, 할머니는 그게 싫은 거야. 할머니가 그간 해온 게 아니라 그냥 싫은 거야."

할머니에게 악을 썼다는 사실에 놀라 하루성주가 그녀의 입을 막고 부들부들 떨었다. 구름 사이로 모처럼 모습을 드러낸 푸른 달빛이 하루성주의 얼굴을 비췄다. 그런 하루성주를 바라보던 평강의 손이 마치 그녀를 부르려는 듯 위로 올라갔다. 하루성주를 불러 그녀의 머리를 자신의 무릎에 눕히고 여느 때처럼 다정스레 말을 해줄 것 같았다. 하지만 평강의 손길은 등잔불의 뚜껑을 들어 등불을 끄는 것이었다. 마지막 남은 등불을 끄기 전 평강은 하루성주에게 다시 그 물음을 남겼다.

"안시성의 성주가 평강이냐, 양만춘이냐?"

오래도록 답을 못하는 하루성주와 평강 사이에 있던 마지막 등불이 꺼졌다.

할머니 평강은 하루성주의 스승이자 어머니아버지 같은 존재였다. 그토록 친밀하고 언제까지나 그녀의 편이라 믿던 할머니가 갑자기 다른 사람이 된 것 같아 하루성주는 혼란스러워 했다. 최악의 처지에서 구원의 답을 찾는 순간이었으므로 그녀는 할머니의 변화를 어떻게 받아들여야 할지 더 몰랐다.

내실로 돌아와 상념에 잠겨있는 하루성주를 향해 목소리가 울렸다. 이미 익숙한 목소리였기에 그녀는 고개를 끄덕였다. 처음에는 그 목소리에 까무러치게 놀랐으나 이제는 아무렇지도 않았다. 말로 하지 않아도 어디선가 바라보고 있을 테니 그녀는 고개만 끄덕였다.

목소리의 주인공이 등장하는 방식은 매번 달랐고 복장 역시 바뀌었다. 오늘은 시녀의 옷을 입고 들어와 하루성주에게 무릎을 꿇었다. 지금 마주하는 얼굴이 진짜 얼굴일까 싶을 정도로 천변만화하는 사람이었다. 이 사람은 계백이 당나라 진영으로 떠나간 날 하루성주에게 모습을 드러냈다. 그는 이름을 가비류라 하였고 계백왕자의 호위무사라 하였다.

계백은 가비류를 하루성주에게 보내 시시각각 변하는 당나라의 전술을 알려줬다. 하루성주의 연전연승에는 계백의 숨은 공도 조금은 있었다. 가비류가 말했다.

"왕자님의 전언을 올립니다."

하루성주가 자리에서 일어나 갑옷을 벗으려했다.

"이 갑옷 못 벗은 지 오래됐어. 뒤에서 좀 도와줄래?"

어떤 대꾸도 없이 가비류는 부복한 자세 그대로였다. 하루성주가 말했다.

"안 도와줘도 할 수 없고. 전언이 무엇인데?"

하루성주가 팔을 등 뒤로 뻗어 갑옷을 묶은 끈을 풀려했다. 가비류의 차

가운 손이 하루성주의 손에 닿았다.

"당나라군이 안시성의 동문 쪽으로 진영을 옮길 것이랍니다."

아무런 감정도 없는 듯 가비류가 끈을 휙휙 당겨 풀었다. 하루성주가 벗은 갑옷을 가비류가 탁자 위에 놓았다.

"그대의 왕자가 당태종에게 옮기라고 했나?"

"저는 오직 당나라군의 주력주대가 안시성 동쪽에 주둔할 것이라는 말만 들었을 뿐입니다."

색동장식 안쪽으로 들어가 옷을 갈아입으며 하루성주가 가비류에게 소리쳤다.

"알았어. 고마워. 하지만 그대 주군한테는 고맙지 않네. 가비류, 밥은 먹었어?"

대답이 없었다. 하루성주가 그 정적을 돌아보았을 때 가비류는 신기루였던 듯 사라지고 없었다. 텅 빈 방안이 꿈속에서의 비어있는 공간처럼 덩그렇게 입을 벌리고 있었다. 악몽이었던 듯 팔에 소름이 돋았다. 그녀를 향해 다급히 달려오는 발소리가 있었다. 아두치장군과 양이지였다.

"성주님, 적군이 동문 쪽으로 이동 중입니다!"

하루성주가 입술을 깨물었다. 전쟁에 익숙해졌는데도 중압감은 줄어들지 않았다. 그녀의 잘못된 군령 하나에 수천수만의 생명이 죽을지도 몰랐다. 그녀가 아는 사람들이 죽어가는 모습을 더 이상 보고 싶지도 않았다. 그녀가 할머니 평강을 찾아간 것은 그 책임감을 잠시 내려놓고 싶어서였다. 계백의 호위무사를 붙잡고 이야기를 나누려던 것은 그 부담감을 조금이나마 덜어내고 싶어서였다. 하지만 성주가 된 하루성주는 그 누구와도

나눠 지지 못하는 짐이 있었다. '안시성 성주가 평강이냐, 양만춘이냐?' 평
강의 말이 하루성주를 일깨웠다. '할머니는 이 무거운 짐을 짊어지시고 그
긴 시간을 어찌 사셨을까.' 더 이상 할머니에게 어리광을 부릴 수 없었고
그 누구에게도 기댈 수 없었다. 그리고 이제 순간순간 결단을 내려야할 시
간이 다시 왔다. 갑옷도 입지 않고 하루성주가 방문을 나섰다.

　십오만 안시성 백성들의 생사를 책임진 하루성주가 갖는 외로움은 흔들
리는 바위 같았다. 이 바위가 성 밖으로 구르면 적을 죽일 것이고 성 안으
로 구르면 백성들을 죽일 것이다.

*

　계백은 황제의 막사 안에서 당태종과 독대 중이었다. 근위병 몇몇과 타
로가 그들 곁을 지킬 뿐이었다. 당태종이 계백에게 말했다.

　"자, 이제 그대의 말대로 북문을 비워놓고, 우리는 안시성 동문 쪽으로
진영을 이동한다. 양만춘이 그대의 계략에 말려들까?"

　"날씨가 개었어도 이미 습해질 만큼 습해졌고 여름이라 열기가 무척 거
셉니다. 방치된 시신은 쉬이 썩을 테고 썩어가는 시신은 전염병을 부르는
법입니다. 덫인 것을 알면서도 어쩔 수 없을 것입니다."

　"아군의 시신을 방치해 둔다니 몇몇 병사들 사이에선 원성이 깊다. 자신
들의 시신도 저리 버려질까 겁이 나는 거겠지."

"살아 충성을 다하였고 죽어서 시신까지 내놓으니 이보다 더한 충성심이 어디 있겠습니까. 훗날 거국적인 제사로 그들의 혼령을 위로하시면 됩니다."

"그런데 안시성에서 전염병이 일어나면, 거리를 둔다 해도 우리도 위험할 터인데."

"역병의 조짐이 보이기만 하면 황상께서는 곧바로 군사들을 거느려 평양성으로 진군하십시오. 두어 달 후 이미 폐허가 돼있을 안시성은 당나라로 돌아가는 길에 취하면 됩니다."

"말로 내 어찌 그대를 이길까. 그런데 총관들 사이에서 토굴을 파서 성 안으로 진입하자는 방안이 나왔다던데, 어찌 생각하는가?"

"언제까지 함락시키겠노라 장담했던 기한을 넘기니 많이들 초조한가봅니다. 안시성까지는 일사천리였으니 오죽하겠습니까. 토굴은 좋은 수이기는 하지만 안시성에는 통하지 않을 수입니다."

"왜 통하지 않는가?"

"세간에 이름난 것이 안시성의 너럭바위와 역청입니다. 안시성은 너럭바위 위에 지었고 암반이 아닌 흙속에는 역청이 매장돼 있습니다. 해골탑 근처에서 제가 황상께 역청을 보여드리지 않았습니까?"

끙 신음소리를 흘리며 당태종이 고개를 끄덕였다.

"이래저래 난공불락에 가깝군. 전염병이라는 덫에 양만춘이 걸려들기를 바라야겠군."

계백은 이미 가비류를 통해 덫이 있음을 하루성주에게 알려주었다. 그 덫을 하루성주가 어떻게 피해갈지 자못 궁금했다. 하루성주는 덫임을 알면서도 그 덫으로 다가갈 수밖에 없었다. 하지만 그녀는 계백과 당태종이 예상했던 방향과는 다른 곳에서 나타났다.

급속히 부패하고 있는 시신에서 풍기는 악취가 안시성 성벽을 넘어오고 있었다. 안시성군이 북문 밖에 방치돼 있는 당나라군 시신을 내려다보았다. 그들은 당나라군의 처참한 시신을 보며 혀를 내둘렀다.

"적이지만 안됐어. 저들도 어떤 이의 아들이고 남편이고 아비일 텐데. 제길, 우리 고구려에게 형 노릇 한번 하겠다는 당태종 때문에 애꿎은 백성들만 죽어나는 거지. 저들도 오고 싶어 왔겠어."

"아니, 지금 다들 뭐하는 거야? 저놈들이 요하부터 안시성까지 우리네 사람들을 얼마나 죽였는지 잊은 거야? 전투 첫날 저 성문 앞에서 놈들이 했던 짓거리를 벌써 잊은 거야!"

벙어리 평성의 최후를 떠올린 사람들은 아무 말도 하지 못했다. 아무리 타향에서 비참하게 죽었다 해도 당나라군에 대한 동정은 시기상조였다. 다잡은 마음에서 분노의 불길이 다시 일었고 그 열기는 푹푹 찌는 날씨보다 더 뜨거웠다.

문루에 나타난 하루성주가 명령을 내렸다. 당나라군의 무시무시한 공세에도 끝내 열리지 않은, 하루성주가 전쟁이 끝날 때까지 열리지 않을 것이라 했던 북문이 서서히 열리기 시작했다. 당나라군의 시신을 수습하기 위해 오백의 병사가 성문을 나서는 것을 보고 하루성주는 자리를 떴다.

악취를 막으려 얼굴에 두건을 두른 안시성군은 역청이 들어있는 큰 통을 성 밖으로 운반했다. 그들은 당나라군의 시신을 성에서 오백 보쯤 떨어진 곳에 모으기 시작했다. 이미 눈알이란 눈알은 까마귀가 죄다 파먹었고 살점은 들개, 여우, 이리 등 온갖 들짐승들이 뜯어먹었다. 들끓는 파리 떼 사이의 시신들엔 구더기가 우글거렸다. 안시성군의 입에서 저절로 탄식이 나왔다.

"쯔쯔, 이게 뭐하는 지랄이야. 지들 나라에 얌전히 있었으면 저 꼴 안 당하지. 들짐승에 먹히고 날짐승에 뜯기고 구더기가 파먹고, 어으, 꿈에 볼까 무섭네."

"그러게, 헌데 언제 이 시신을 다 처리하나."

"그러니까 불태우는 거 아닙니까. 파묻을 시간이 없으니."

이 목소리의 주인공을 찾아 다들 시선을 돌렸다. 양이지였다. 안시성 사람들은 해골탑 안에서 기거하던 그가 성 안으로 들어온 이유를 잘 알고 있었다. 만일 그가 역청공을 들고 당태종을 찾아갔다면, 그가 만든 역청공이 당나라군을 막는 데 쓰이지 않고 안시성을 공격하는 데 쓰였다면 안시성은 오늘이 없었을지도 몰랐다. 양이지가 말했다.

"저 시체들을 태우지 않으면 성에 역병이 돌기 쉽습니다. 서두릅시다."

안시성군이 시신 수습에 열중일 때 그들 근처의 지면이 슬금슬금 움직이고 있었다. 하지만 시신을 모은 다음 역청을 뿌려 태우는 데 여념이 없는 안시성군은 그 움직임을 감지하지 못했다. 뿌우우우우! 나팔 소리와 함께 일천 명의 당나라군이 일제히 땅속에서 몸을 일으켰다. 지난밤 그들은 얕은 굴을 파고 그 위에 모포를 둘러 은신하고 있었다.

갑작스런 당나라군의 출현에 안시성군은 크게 당황하였다. 적과 싸우는 군사들도 있고 성문을 향해 무작정 내달리는 군사들도 있었다. 저항하던 안시성군이 점점 뒤로 밀려나 북문과의 거리는 이제 이백 보쯤이었다. 수적으로 열세였는데도 안시성군은 뒷길을 차단당하지는 않았다. 당나라군은 안시성에서 날아온 화살 때문에 함부로 나아가지는 못했다.

성벽 위에서 아두치장군이 안시성 궁수들에게 지시했다.

"너희 임무는 우리 병사들이 성벽으로 다가올 때까지 시간을 버는 것이다. 아군을 맞히면 어떡하나 겁먹지 말고 적을 향해 침착하게 조준 사격하라."

성벽과의 거리가 일백 보쯤이 되자 양이지가 안시성군에게 말했다. 하나, 둘, 셋을 외치면 모두 성벽을 향해서 달리자고 하였다. 안시성군은 고개를 끄덕였다.

셋, 소리와 함께 안시성군이 성벽을 향해 있는 힘을 다해 달리기 시작했다. 그들이 미처 성에 닿기도 전에 안시성 북문에서 고구려기병이 무서운 속도로 쏟아져 나왔다. 안시성을 향해 달려오는 병사들과 교차되어 고구려기병이 당나라군을 향해 전속력으로 질주했다.

그런데 안시성군을 뒤쫓아 오던 당나라군은 당황하지 않고 안시성 오백 기병에 맞섰다. 기병이 당나라군과 교전을 하는 동안 안시성군 보병 이천이 대열을 맞춰 북문을 나섰다. 이때를 기다렸다는 듯 당나라군 지원병이 달려왔다. 얼핏 보아도 그 수는 일만이 넘었다.

당나라와 안시성은 적은 병력으로 적을 유인한 다음 많은 병사들 보내 적을 섬멸하고자 했다. 양측 병사들이 뒤섞여 혼전을 벌이자 성벽 위에 있는 궁수들은 지원사격을 할 수 없었다. 성 안에 있는 사람들은 발을 동동 굴렀다.

"전염병 막으려다 우리 병사들 다 죽겠네, 다 죽겠어."

"떼죽음 당하기 전에 우리라도 나가 싸우자고. 곡괭이든 낫이든 들고 나가 싸우면 될 거 아냐!"

하지만 아두치장군은 북문을 닫으라는 명령을 내렸다. 북문이 육중한 소리를 내며 서서히 닫히자 성안에 있던 사람들이 동요했다. 북문에 안빗장까지 걸리자 사람들의 아우성은 더 커졌다.

"밖에 있는 사람들은 어찌하라고 성문을 닫는 거야."

"가서 성주님을 모셔 와야 해!"

아두치장군이 사람들 앞으로 나섰다.

"모두들 진정하고 내 말을 들으라. 이 일은 성주님의 군령이었다."

"그게 무슨 말도 안 되는 소리래요? 성주님께서 왜요?"

"북문을 열어라! 우리 병사들을 살리자!"

"북문을 열어라! 차라리 나가 싸우자!"

아두치장군이 격해진 사람들을 진정시키려 하였으나 영문을 모르는 사람들의 반응은 더 거세져 갔다. 이미 목이 쉬어버린 아두치장군의 목소리가 전혀 들리지 않는 듯 주민들이 북문을 열고 나가려 하였다. 아두치장군이 칼을 빼들고 그 앞을 가로막았다.

"밖의 전투가 끝나면 일제히 나가 시신을 태우는 데 힘을 보태라. 두 식경 안에 끝내야 한다. 이 역시 성주님의 명이셨다. 그러니 믿고 기다렸다 할 일을 하라. 그것이 우리가 해야 할 일이고, 그것이 밖에서 싸우는 자들에게 힘을 주는 일이다. 성주님을 믿고 할 수 있겠느냐?"

다들 서로의 얼굴만을 바라볼 뿐 쉽사리 대답하는 사람은 없었다. 아두치장군이 목청을 높여 재차 말했다.

"전염병을 막기 위한 고육지책이다. 성주님을 믿고 따르겠는가?"

이때 또렷한 소리가 울렸다.

"예!"

사람들의 시선이 목소리의 주인공에게 쏠렸다. 웬 어린아이였다. 예닐곱 살쯤 먹은 그 아이가 오른손을 하늘 높이 제 손을 들고 있었다. 양이지가 그 아이를 번쩍 들어 목말을 태웠다.

"저도 이 아이처럼 우리 성주님을 믿고 따르겠습니다."

안시성 사람들은 양이지가 해골탑에서 기거했던 이유, 그의 아버지가 수나라사람이란 것을 알고 있었다. 북문 안쪽에 몰려들었던 안시성 주민들이 제 할 일을 찾아 흩어졌다.

아두치장군이 양이지에게 다가와 고맙다고 하였다. 양이지가 말하였다.

"그게 무슨 말씀입니까. 평강공주님께 받은 은혜를 그저 조금이나마 갚을 수 있어 다행입니다."

성 밖에서 이천오백의 안시성군이 일만 사천의 당나라군을 상대로 혈전을 벌였다. 안시성군은 칼에 베이고 창에 찔려도 그냥 죽지 않았다. 그들은 최후의 순간에도 당나라군의 팔과 다리를 노렸다. 쓰러져 죽어가면서도 당나라군의 손목과 발목에 상처를 남겼다. 손과 발 하나만 없어도 군사로서의 효용은 끝나기 십상이었다.

피를 토하면서도 적을 향해 칼을 휘두르는 악귀 같은 안시성군의 전의는 당나라군을 겁에 질리게 만들었다. 한 두 사람만 광기를 보이는 게 아니라 이천오백의 안시성군 모두 그러한 자세로 덤볐다. 적을 죽일 만큼은 죽였다는 안도감 때문인지 그들은 숨이 끊어질 때조차 미소를 지었다. 그 미소의 영문을 모르는 당나라군의 공포는 더해갔다.

아이들, 그의 가족이었을 것이다. 안시성군의 등 뒤에는 그들의 집이 있었다. 집 안으로 들어서자마자 씨름을 가르쳐달라는 아들이, 반겨주는 아내가, 아비의 밥상에 찬을 놓고 맛있게 드시라는 딸이 있었다. 비가 오면 아들 걱정을 하는 어머니가 있었고 오빠를, 형을 반기는 동생들이 있었다. 눈을 감지 못하고 죽어가는 안시성군은 저 두꺼운 성벽도 장애물이 되지 못하는 듯 그 너머 그들의 집을 똑똑히 보았다. 그랬기에 그들은 웃으면서 안시성을 떠날 수 있었다.

"끝까지 싸우자!"

"힘내자!"

미친 듯 싸우는 안시성군은 어느 순간 그들이 내는 그 외침마저 듣지 못했다. 안시성군의 수가 눈에 띄게 줄어들 즈음 사방이 소란스러워졌다. 그 소란스러움이 조금 전과는 다른 음색을 띠고 있음을 느끼기 시작했다. 귀에 익숙한 소리들이 환청인 듯 들렸다.

"애썼네. 우리가 왔네. 조금만 더 힘내세, 우리!"

뭐라 뭐라 악을 써대던 당나라말이 아니라 귀에 익은 고구려말이었다. 어디서 나타났는지 수많은 고구려군이 포위망을 무너뜨리고 당나라군을 밀어내기 시작했다. 그들은 안시성 서문 외곽에서 매복하고 있던 고구려 군이었다.

"힘에 부치면 뒤로 가 숨을 좀 골라."

뒤로 물러서서 좀 쉬라고 해도 뒤쪽으로 빠지는 안시성군은 없었다. 오히려 더 앞으로 나아가며 싸우는 안시성군의 눈에서 눈물이 흘렀다. 왜 이렇게 눈물이 나는 것인지 몰랐다. 안시성군은 그저 악착같이 적을 베고 찌르며 앞으로 또 앞으로 나아갔다.

전날 밤 안시성 평강궁에서 하루성주는 당나라군의 진영이동을 회의했다. 하루성주는 갑옷을 벗은 평복차림이었다. 갑옷을 입고 있을 때는 조금 왜소했어도 옹골져 보였는데 마음고생 때문인지 그녀는 부쩍 말라 있었다. 대안을 제시하지 못하는 장군들의 마음은 더 무거워졌다. 하루성주가 말했다.

"저랑 눈을 마주치는 분이 없으시니 뾰족한 수가 없어 그런 것입니까?"

하루성주는 농담이라도 던진 듯 미소를 지으며 장군들을 한 명 한 명 둘러보았다. 그 미소에 장군들은 더더욱 그녀와 시선을 맞추지 못했다. 탕, 하루성주가 탁자를 내리치자 장군들이 고개를 들었다. 그런 장군들을 보고 하루성주가 말했다.

"이제야 저를 보시네요. 내일의 전술은 우리를 유인하는 적들을 우리가 다시 유인하는 것입니다."

"하지만?"

"그렇습니다. 당태종이 모를 리가 있겠습니까. 그래서 우리는 한 번 더 당나라군을 유인합니다."

거침없는 하루성주의 전술에 장군들은 입을 다물지 못했다. 어린 여성주가 거침없이 방안을 말하며 진두지휘하는 것이 아닌가. 하루성주가 탁자에 펼쳐진 지도에 말을 놓고 지휘봉으로 그 말을 움직이며 지시를 내렸다.

"적군이 기습을 해오면 시신을 수습하러 나간 오백은 후퇴하고 이천오백의 병사가 나가 적들을 막습니다. 적의 목적은 북문을 확보하는 것. 동문 쪽으로 진영을 옮기는 척했지만 틀림없이 북문 근처에 병사를 매복했다가 북문이 열리면 달려올 것입니다. 그렇기에 북문은 닫습니다. 아두치 장군께서는 당장 일만의 병사를 이끌고 서문 외곽에 매복했다가 이 당나라군의 뒤를 치세요."

"일만이나요? 안시성의 주력전투병은 불과 이만오천입니다. 일만에 이천오백, 그리고 궁수까지 배치하면 북문에만 전력의 거의 절반을 투입하는 것입니다."

"적들은 북문으로 병사를 돌리지 못할 것입니다."

"왜 그러합니까?"

"제가 동문 밖으로 나가 적의 시선을 붙잡고 시간을 끌 것입니다."

"무모합니다."

다음 말이 너무 흉하여 아두치장군은 차마 입 밖으로 내지 못했다. 안시성에 하루성주만한 미끼는 없었다. 그리고 이 미끼는 천하의 당태종도 덥석 물 수밖에 없는 미끼임이 틀림없었다. 하지만 아무도 쉽사리 찬성하지 못했다. 모두들 이러지도 저러지도 못하자 하루성주가 결론을 내렸다.

"병력의 태반이 성 밖으로 나가 적에게 노출되는 것입니다. 자칫하면 안시성을 잃을지도 모릅니다. 그리고 여러분은 저를 다시 못 볼 수도 있습니다."

성 밖으로 나간 병사, 안시성과 주민들, 그리고 하루성주를 살리기 위해서는 손발이 잘 맞아야 했다. 한 치의 어긋남 없이 작전을 성공시켜야만 했다.

이 회의에서 하루성주와 장군들이 입 밖에 내지 않은 말이 있었다. 만약 하루성주가 포로가 될 위기에 처하면 그녀는 자진할 생각이었다. 장군들도 그리 생각하고 있었다. 당나라의 포로가 돼서 안시성이 당나라에 항복하는 꼴을 그냥 지켜볼 하루성주가 아니었다.

하루성주는 고구려태왕의 조카였고 평강은 태왕의 고모였다. 제아무리 연개소문이 실권자였어도 명예는 평강과 하루성주에게 더 있었고 그녀들은 고구려의 명예를 지킬 것이었다.

같은 시각 안시성에서 북문을 열고 군사들을 내보낸 이후의 전황이 당태종에게 보고되었다. 당태종이 계백에게 말했다.

"결국 열렸군."

"저들이 일만이나 서문 밖에서 매복하고 있을 줄은 몰랐습니다."

계백이 민망한 듯 고개를 숙였다.

"아니야, 겸양해하지 마라. 육십만 대군이 열지 못한 문을 연 것도 대단한 일이다. 그리고 안시성군의 태반이 성 밖에 나왔으니 오히려 잘 된 일이다. 혹시 성문을 다시 닫는다 해도 밖에 있는 저들만 섬멸하면 안시성은 오래 버티지 못한다. 그대에게는 따로 다른 전공에 대한 상을 내릴 것이다."

백제 사신의 도움으로 안시성을 점령했다는 소문이 나는 것은 당태종의 위신을 크게 손상시키는 일이었다. 당태종의 위신이 손상되는 것은 곧 당나라의 체면이 상하는 것이었다. 해서 당태종은 안시성이 함락되면 계백에게는 다른 공을 내릴 작정이었다. 계백이 말했다.

"충성을 다하는 병사들이 없었다면 처음부터 불가능했던 작전이었습니다. 그러니 상을 내리시려거든 목숨을 걸고 싸운 병사들에게 내려주십시오."

계백의 대답이 마음에 들었는지 당태종은 크게 고개를 끄덕였다. 당태종이 장손무기에게 말했다.

"가서 안시성을 내게 가져오너라."

장손무기가 부복하여 명을 받들려는 순간 전령이 막사 밖에서부터 숨막혀라 외쳤다.

"도, 동문이, 안시성 동문이 열렸습니다. 안시성 성주 양만춘이 성 밖으로 나왔습니다!"

모두 벌떡 일어섰다. 계백도 전혀 예측치 못한 상황에 소스라치게 놀라 당태종을 뒤따라 막사 밖으로 나갔다. 타로는 아예 그가 황제의 길잡이라도 되는 듯 앞서나갔다.

10. 붉은 들판

당태종을 필두로 모두들 말을 몰아 안시성으로 급히 향했다. 당태종의
막사는 안시성 동문에서 20여 리쯤 떨어져 있었다. 안시성을 향해 달려가
는 이들이 가장 확인하고 싶었던 것은 안시성의 열린 성문이 아니라 안시
성 성주의 얼굴이었다. 천하일색이라는 소문이 자자한 한 여인이었다. 그
래서 더 쉬이 항복하게 만들 수 있을 거라 예단했던 성주였다. 이뿐만이
아니었다. 당태종을 위시해 총관급 이상 장군들은 당대의 영웅이라 자타
가 공인하는 인물이었다. 이러한 그들을 그토록 곤혹스럽게 만든 여인이
도대체 어떤 인물인지, 그들은 치솟는 궁금증을 누를 길이 없었다.

황제와 고관대작들의 등장이 병사들은 놀라울 따름이었다. 당태종이 당
나라군 속으로 말을 몰아가자 병사들이 썰물 때 바다 갈라지듯 갈라졌다.
당태종이 진열의 맨 앞에서 말을 멈추었다. 과연 열려 있는 안시성 성문
앞에 황금빛갑옷에 투구를 쓴 여인이 있었다. 그런데 그녀는 중원의 여인
들과 달리 말을 타고 있었다. 잠시 사방을 둘러보는 당태종과 달리 하루성

주는 당태종만을 주시했다. 성 밖의 당나라군도 성 안의 사람들도 모두 두 사람만을 보았다. 뒤늦게 도착한 타로가 계백의 곁으로 다가가 그의 기색을 살폈다. 하루성주에게서 시선을 떼지 못하는 계백은 언제라도 튀어나갈 듯 말고삐를 꽉 움켜쥐고 있었다.

하루성주가 탄 말이 당태종을 향하여 몇 걸음 다가왔다.

"황제는 이곳 안시성에는 왜 온 것인가?"

장손무기가 앞으로 나섰다.

"대당의 황제폐하시다. 말에서 내려 투구를 벗고 예를 갖추어라."

당태종이 더 이상 나서지 말라는 듯 손을 들어 장손무기를 제지했다. 당태종이 하루성주를 향하여 몇 십 걸음 다가가자 하루성주가 그에게 다가왔다. 하루성주의 질문에 당태종이 어떤 대답을 내놓을지 다들 궁금해했다. 당태종은 그가 요동에 온 이유를 조조가 지은 관창해觀滄海로 대답했다.

東臨碣石
以觀滄海
水何澹澹
山島竦峙.

동으로 갈석산에 올라
푸른 바다 바라보니
맑디맑은 물속에서

섬이 우뚝 솟아있네.

위무제 조조가 오환족을 물리치고 갈석산에 올랐듯 당태종도 고구려를
평정하겠다는 마음이었다. 안시성이 바다 한가운데 외딴 섬처럼 고립되어
있으니 그만 항복하라고 하는 것 같기도 했다. 계백은 당태종이 안시성을
잘 지켰다고 하루성주를 칭찬하는 거라 느꼈다.
하루성주는 즉시 조조의 아들 조비의 시로 화답했다.

鎧甲生蚈風
萬姓以死亡.
白骨露于野
千里無鷄鳴.
生民百遺一
念之斷人腸.

갑옷과 투구에 서캐가 생기며
무고한 백성이 싸움에 죽어나갔네.
해골은 들판에 널리고
천 리에 닭 우는 소리마저 끊겼네.
살아남은 자가 백에 하나니
애가 끊어지듯 서글프네.

전쟁의 실상 그대로였다. 잠시 멋쩍어하던 당태종은 그가 애송하던 대풍가로 하루성주의 시에 맞섰다.

大風起兮雲飛揚.
威加海內兮歸故鄕.
安得猛士兮守四方.

큰 바람이 이니 구름은 흩어졌네.
천하를 주름잡고 고향에 돌아왔네.
굳센 사내를 얻어 나라를 지키겠노라.

여자인 하루성주가 어지간한 사내들보다 더 잘 싸웠다고 추켜세우는 것 같았다. 하지만 하루성주가 여자이기에 결국 안시성을 지키지 못할 것이라 깔보는 것 같기도 했다. 계백은 하루성주에게 전달하고 싶었던 당태종의 본심은 항복하라는 권유라고 생각했다. 한고조 유방이 용사들을 얻고자 했던 것처럼 당태종도 하루성주를 얻고 싶어 하는 것 같았다.

당태종의 시를 음미하던 하루성주가 그녀의 심정을 토로했다.

白日登山望烽火
黃昏飮馬傍梁河.
行人刁鬥風沙暗
公主琵琶幽怨多.

낮에는 산에 올라 봉화를 바라보고
해질녘에는 양수梁水에 말을 놓아 물을 먹이네.
심부름꾼의 소리는 모래바람에 묻히고
공주님의 비파소리에는 원한이 깊어라.

하루성주는 할머니 평강의 이름으로 안시성을 끝까지 지키겠다는 결의를 분명히 했다. 고구려의 어머니라 불리는 평강이었다. 심사가 뒤틀린 당태종은 기색이 바뀌었다. 그 뒤에 있던 총관들은 하루성주에게 야유를 퍼붓고 심지어 몇몇은 욕까지 했다. 갑자기 하루성주가 말을 몰았다. 그런데 질주를 하는 것이 아니었다. 말을 타고 기마실력을 뽐내듯 말이 이리저리 껑충거리게 했다가 갑자기 멈춘 다음 그 다리를 번쩍 들게 하였다. 할 말을 잊은 듯했던 당태종이 입을 열었다.

"장난은 여기까지다. 지금이라도 항복을 하라. 그러면 네가 원하는 것을 내가 줄 것이다."

"그대가 줄 수 있는 최고의 것이라고 해봤자 당나라 황후자리 아닌가. 그런데 어찌해야하는가. 나의 바람과 그대가 줄 수 있는 것은 양립할 수 없는 것을. 그대는 나의 항복을 원하고 나는 그대의 목을 원하니."

총관들은 이번에는 정말 하루성주를 잡아 죽일 듯 분노했다. 하루성주가 투구를 벗었다. 투구를 벗고 이마에 맺힌 땀방울을 닦았다. 당태종과 시담을 나눈 뒤에도 하루성주는 이렇듯 그들을 붙잡아놓았다. 이러한 모습을 보며 계백이 작게 중얼거렸다.

"이제 그만 성으로 돌아가시오. 더 늦기 전에. 시간이 더 흐르면 구해주고 싶어도 구해줄 수가 없소."

타로만 계백의 혼잣말을 들었다. 다들 하루성주에게 집중해 있어서였다. 하지만 하루성주가 시간을 끌고 있다는 사실을 언제까지나 들키지 않을 수는 없었다. 안시성에 있는 봉화대에서 연기가 올라오자 장손무기가 당태종에게 말했다.

"황상, 저 요망한 계집이 시간을 벌고 있었습니다. 지금쯤 북문을 확보하여 성내로 들어갔어야 할 시각입니다. 우리의 전술을 간파하고 동문 쪽에 잡아두고 있었던 것입니다."

"알고 있었다. 하지만 안시성에서 처음 올라온 봉화는 저들의 다급함을 우리에게 자백하는 것이다. 열린 성문이 어찌 북문뿐이더냐. 지금 우리들 눈앞의 문도 활짝 열려있지 않느냐. 가서 성을 함락시켜라. 모두 죽여도 좋다. 단, 양만춘만은 산 채로 내 앞에 대령해라. 저 재주가 아까우니 절대로 털끝 하나 상하면 안 된다."

오래지않아 당나라 진영에서 북소리가 울리기 시작했다. 당나라군의 그 북소리에 안시성군이 안시성 동문 앞에 방어용 진을 구축하기 시작했다. 그동안 당태종은 하루성주에게서 시선을 떼지 못하였고 계백은 당태종에게서 시선을 떼지 못하였다.

하루성주가 성 밖으로 나온 상태에서 전투가 벌어지자 성 안팎에는 고함과 아우성이 난무했다. 성 밖에선 하루성주와 이천의 병사가 당나라군과 치열하게 싸웠고, 성 안에선 하루성주를 구하겠다며 몰려드는 백성들을 안시성군이 막느라 난리였다.

성벽의 아두치는 안팎의 혼란을 보며, 이 상황을 어찌해야 할지 갈피를 잡지 못하고 있었다. 하루성주의 명령대로 지금 성문을 완전히 닫아버리면 백성들은 폭동이라도 일으킬 기세였다. 그래서 아두치장군은 사태가 급박해지면 성문을 닫을 수 있게 만반의 준비만 해놓았다. 동문은 일단 열어둔 채 그는 북문 쪽에서 시체를 소각하는 일의 진척상황을 살폈다. 그런데 성 안 저 멀리에서 고성이 일기 시작했다. 아두치장군이 놀라 소리의 진원지를 뚫어져라 쳐다보았다.

그는 백마를 타고 동문 쪽으로 오고 있었다. 은빛갑옷을 입고 은발을 바람에 날리며 말을 몰아오고 있었다. 그의 새하얀 머리카락과 백마가 휘날리는 은백색 갈기가 신비한 느낌을 주었다. 그런데 그의 손에는 천 년 전 하늘에서 내려왔다는 성스러운 신궁이 들려 있었다. 주몽왕이 한때 썼다는 그 신궁과 은빛갑옷은 안시성의 권위이자 자랑이었다.

"공주님, 평강공주님이시다!"

사람들의 목소리가 어찌나 큰지 그 외침이 성벽 밖까지 들렸다. 말을 타고 오는 이가 평강이라는 소리에 동문 일대에 있던 백성들이 양편으로 갈라섰다. 성문에 당도한 평강이 말을 멈추고 백성들을 향해 뒤돌아섰다.

"아들딸들아, 살아 다시 봐야 한다. 이것이 너희 어미 평강의 소원이다!"

말을 마친 평강이 성문 밖으로 달려 나갔다. 감히 그 누구도 평강의 앞을 막아서지 못했다. 평강이 성 밖으로 나가자 안시성군이 그 뒤를 따랐고 그 뒤를 따라 백성들이 성 밖으로 나갔다. 칼을 든 노인도 창을 든 아주머니도 활을 든 소녀의 살기등등한 모습은 어머니를 구하겠다는 일념이었다.

아두치장군이 하늘을 우러러보았다. 아두치는 평강의 남편이자 그의 상관이었던 온달을 볼 면목이 없었다. 오늘 평강이 죽든 살든, 안시성이 죽든 살든 있어서는 안 되는 일이 생긴 것이었다.

당나라군과 싸우는 하루성주와 안시성군은 지쳐가고 있었다. 당나라군에게 완전히 포위당한 뒤 패배가 자명해지는 순간이 하루성주가 그녀의 목을 스스로 벨 때였다. 그리고 그 최후의 순간은 점점 다가오고 있었다. 그런데 이상했다. 그녀를 향한 당나라군의 포위망은 좁혀지지 못하고 있었다.

하루성주는 환영인 듯 그녀의 이름을 부르는 할머니 평강을 보았다. 기력을 다 쏟아낸 하루성주가 말에서 떨어지려는 것을 막는 손길이 있었다. 그리고 곧 평강이 손녀의 이름을 부르며 뺨을 때렸다. 정신을 차린 하루성주가 평강을 보았다. 언제 할머니가 왔던가. 언제 지원군이 왔던가. 죽음밖에는 길이 없다고 생각했는데 안시성군이 그녀를 위해 퇴로를 열고 있었다.

"정신을 놓지 마라. 장수가 죽으면 네 병사들이 힘을 잃어 죽는다."
평강의 말에 하루성주가 힘을 냈다.

갑작스런 평강의 등장에 당태종은 흥분했다.
"천운이 내게 왔구나. 안시성의 영혼이라 일컬어지는 평강까지 성 밖으로 나오다니. 저 둘만 손에 넣으면 안시성은 끝장이다. 이 전쟁은 끝이다. 전군 진군하라. 둘 다 사로잡아 짐 앞에 대령하라!"

장손무기가 말했다.

"산 채로 잡으려면 활을 쓰기 어렵습니다. 백성들이 섞여있는 저 오합지졸들을 향해 활을 쓰면 이 전쟁은 끝이 납니다. 승리를 위해 저 여인들을 버리심이 마땅합니다."

계백이 작심한 듯 고개를 저으며 손사래를 쳤다.

"황상, 고구려의 어머니라 불리는 평강을 사로잡으면 고구려의 성 태반이 황상께 항복할 것입니다. 저 갑옷도 입지 않은 안시성의 백성들을 보십시오. 백성들이 저렇듯 몸을 사리지 않고 맹종하는 평강은 그만한 가치가 있습니다. 평강을 볼모로 하면 당나라군이 더 이상 피를 흘릴 일이 없습니다. 평강을 죽이는 것은 고구려의 진짜 주인이 되시려는 황상께 오명을 남기는 짓입니다."

계백이 평강의 가치를 역설하자 장손무기의 얼굴이 빨개졌다. 장손무기가 이리저리 생각을 해봐도 계백의 말은 틀리지 않았다. 평강을 사로잡는다면 고구려백성의 절반은 정말 항복할 거 같았다. 그 절반이 평강의 목숨을 쥐고 있는 당나라 편에 선다면 고구려는 내분으로 망할 게 뻔했다. 당태종은 장손무기가 아닌 계백을 향해 고개를 끄덕였다. 당태종이 장손무기에게 말했다.

"짐이 명했다. 두 년 모두 털 끝 하나 상하지 않게 대령하라."

장손무기는 지금당장 이 자리에서 계백을 죽이고 싶었다. 계백이 당태종에게 내놓은 계략은 꽤나 성공적이었다. 지금 눈앞에서의 이 전투처럼 말이다. 당나라가 그토록 열려했으나 열지 못한 안시성 성문이 계백의 계략에 두 개나 열렸다. 심지어 안시성 성주와 고구려의 전설이라는 평강공주까지 성 밖으로 유인해냈으니 누가 계백을 당나라의 적이라 의심하겠는가. 그런데도 여전히 계백의 정체는 알쏭달쏭했다. 장손무기가 지켜본 계백은 당나라의 편이 아니었다. 하지만 계백은 분명히 고구려의 편도 아니었다. 당태종을 전장으로 나가게 만들어 주필산에서 고구려군 십오만을 물리치지 않았던가. 결론은 당나라군이 여전히 이 안시성을 벗어나지 못하고 있다는 것이었다. 요물, 장손무기가 결론내린 계백은 요물이었다.

장손무기는 계백이 당나라 편이 아님은 확신했다. 문제는 당태종이 계백을 깊이 신뢰하고 있다는 것이었다. 뚜렷한 증거 없이 계백을 적으로 몰아간다면 그를 질투해서 깎아 내리는 것으로 여길 것이었다. 이를 갈면서 장손무기가 막사 밖으로 나갔다. 계백에 대한 생각을 머릿속에서 떨치지 못한 그는 막사 모퉁이에서 누군가와 부딪쳤다. 설인귀였다. 설인귀가 행군대총관 장손무기를 알아보고 머리를 조아렸다.

"죄송합니다. 제가 미처 앞을 살피지 못하여, 혹여 불편하신 곳이 있으신지요?"

장손무기가 설인귀를 노려보았다.

"여기는 황상의 막사 근처다. 누구기에 여기서 얼쩡거리느냐!"

"저는 지난번 주필산전투에서 황상을 구해 유격장군으로 승진한, 설계두의 동생인데, 기억 안 나십니까?"

안시성군과 싸우던 설인귀는 배가 아프다는 핑계를 대고 뒤로 빠졌다. 그는 사실 배가 고팠다. 식사시간이 아닌 때인지라 먹을 것을 찾아 이곳저곳 기웃거리고 있었다. 이 상황을 모면하려는 설인귀가 머리를 팽팽 돌리는 동안 장손무기의 표정은 굳어갔다.

"유격장군이라면 지금 최전선에서 싸우거나, 네 부대에서 출동명령을 기다려야 할 텐데 왜 여기 있느냐!"

"제가 여기 왜 왔느냐 하면."

장손무기가 스릉 검을 뽑아들며 거듭 물었다.

"전투 중 탈영은 무조건 참수다. 더구나 여기는 황상께서 계시는 곳이다. 마지막으로 묻는다. 왜 여기 있는 것이냐?"

설인귀는 등과 얼굴에서 땀이 나는 것을 느끼지 못했다. 머리는 팽팽 돌아가는데 그중 무엇이 살길인지 알 수가 없었다. 그러잖아도 계백 탓에 기분이 상했던 장손무기가 칼을 치켜든 순간 설인귀가 다짜고짜 외쳤다.

"배, 백제의 왕자가 수상합니다."

말을 하자마자 설인귀는 후회했다. 말 같지도 않은 말을 뱉은 제 입을 원망했다. 그런데도 장손무기는 칼로 그를 내리치는 게 아니라 주위를 살폈다.

"너는 오늘부터 계백의 뒤를 밟아라. 조금이라도 수상한 점이 있으면 내게 알려라. 의심쩍은 것은 뭐라도 좋다. 네게 큰 상을 내릴 것이다."

"하지만 그는 행군대총관급인데 제가 어찌 그의 뒤를 캘 수가 있겠습니까."

장손무기가 품에서 작은 신분패를 꺼내 설인귀에게 주었다. 당태종 다음가는 권력을 휘두르는 장손무기의 신분패였다. 이것만 있으면 당나라 진영에서 가지 못할 데가 없었고 하지 못할 일이 없었다. 당태종의 반대에도 불구하고 지금의 태자를 옹립한 사람이 장손무기였다. 무력함을 느낀 당태종이 자살소동을 부렸을 만큼 장손씨의 힘은 막강했다.

"오늘부터 너는 근위대 소속이다."

얼떨떨해하는 설인귀를 뒤로하고 장손무기가 발걸음을 옮겼다. 설인귀는 장손무기의 신분패를 얼른 품안에 넣었다. 거짓말처럼 배가 고프지 않았다.

계백이 몸살이 났다며 당태종에게 막사에서 쉬기를 청했다. 당태종이 약을 내리겠다고 하였으나 계백은 끝내 사양했다. 타로에게 막사로 가서 자리를 살피라 하더니 계백은 막사로 향하지 않고 진영에서 사라져버렸다. 계백이 막사로 돌아오지 않자 막사 땅 밑에서 몰래 잠복하고 있던 호위무사가 계백의 뒤를 쫓았다. 호위무사는 계백이 갈 곳은 그곳밖에 없다고 생각했다.

하루성주와 평강이 당나라군의 불완전한 포위망을 벗어나자 안시성에서 퇴각의 북을 울렸다. 안시성 백성들이 일시에 동문으로 몰려들자 동문이 북새통이 되고 말았다. 평강과 하루성주를 구하고 퇴각하던 안시성군도 자연스레 속도가 늦춰졌다. 평강과 하루성주를 먼저 성 안으로 들여보내려 해도 사람들이 너무 엉켜있어 쉽지 않았다.

당나라군이 동문을 향해 무섭게 다가왔다. 맨 뒤에 있던 안시성군과 백성들이 당나라군의 창칼에 쓰러지기 시작했다. 만약 장손무기의 의견대로 퇴각하는 백성들을 향해 화살을 썼다면!

"비켜, 비켜! 공주님과 성주님을 먼저 안으로 모셔야 한다."

"줄을 서서 들어가야 빨라!"

적을 등 뒤에 두고 질서정연하게 움직이기는 어려웠다. 북, 남, 서문을 지키던 안시성군이 동문으로 이동해왔지만 인파로 틀어 막힌 동문은 어찌하질 못하였다.

"평강과 하루성주를 산 채로 잡으면 황금이 만 냥이다. 만 냥!"

장손무기가 황금으로 당나라군을 독려했다. 백성들의 피해가 커지자 안시성의 기마병 이천을 이끌던 청년 장군이 갑자기 말머리를 당나라군을 향해 돌렸다.

"전군 뒤로!"

그의 명령에 기병들이 당나라군을 향해 돌아섰다. 젊은 장수가 하루성주에게 말했다.

"성주님, 어릴 적에 놀이를 하다 노비의 주인역할을 했던 을태입니다. 그때 저 때문에 성주님이 코피까지 흘리셨죠. 조상의 명성에 누를 끼친 이 바보 같은 놈이 그때부터 성주님을 연모했습니다."

을태가 백성들에게 말했다.

"우리 기병들이 시간을 벌 것이다. 성주님과 공주님부터 우선 안으로 모셔라."

을태가 기병들에게 말했다.

"고구려의 전사들이여, 번개같이 달려가 벼락같이 놈들을 때리자! 나와 함께하겠느냐?"

기병들이 너도나도 말했다.

"예! 저는 내기에서 이겨 우리 성주님한테 꿀밤까지 때려 본 적 있습니다."

"제가 아플 때, 성주님이 의원 손목을 끌고 이십 리 밤길을 달려오셨습죠!"

"난 성주님이랑 한겨울에 얼음 깨고 잉어도 잡았다."

"오 년 전 은산의 광산이 무너졌을 때 기억 안 나? 사람들이 이제 그만 포기하자고 하는데도 성주님이 광부들을 살려야 한다며 현장에서 며칠 밤을 새셨어."

당나라군 진영이 들썩하는 소리에 사람들이 뒤를 돌아보았다. 당나라군 사이사이에서 고구려기병이 안시성을 향해 달려오고 있었다. 뜻밖의 상황에 양측 모두 어안이 벙벙해졌다. 고구려기병 중 선두로 달려오는 사람이 늦지 않아 다행이라는 듯 마구 손을 흔들었다.

"공주님, 평강공주님! 이 고돌발이가 보름 전에 얻어먹은 밥값하려고 왔습니다."

고돌발은 연개소문이 보낸 십오만 지원군 중 말갈군을 이끌던 장수였다. 주필산에서 패한 뒤 퇴군할 때, 갈 길이 먼 그들을 고구려의 성들은 외면했다. 고구려는 항복한 자는 물론 패한 자도 사형에 처할 정도로 법이 엄해서, 패잔병들을 성 안으로 받아들이는 것은 난처한 일이었다. 서럽게 고향으로 돌아가던 말갈족을 안시성의 평강은 어머니라는 이름으로 받아주었다.

평강은 그들을 배불리 먹이고 평강궁을 아예 숙소로 내주었다. 고향 가는 길에 쓰라며 평강이 준 금은은 마치 승자의 전리품인 듯 엄청난 양이었다. 안시성을 떠날 때 가뿐했던 그들의 발걸음은 점점 무거워졌다. 패자로서 고향으로 돌아가기 싫었다. 그들은 귀향을 단념하고 안시성과 건안성 사이에서 당나라군에게 복수할 때를 기다리기로 했다. 안시성에서 처음으로 봉화가 올라오자 고돌발은 위기를 직감하고서 부리나케 달려온 것이었다.

청년장군 을태의 이천 기병에 고돌발이 이끄는 말갈 기병 삼천이 합류했다. 고돌발과 을태가 창과 검을 부딪치며 인사를 나누었다. 성 안으로 들어가던 평강이 말했다.

"고돌발, 그때의 밥값을 치르려거든 꼭 당태종의 목으로 치러라."

고돌발이 씩 웃었다.

"노인네, 성깔은 여전하시네."

하루성주가 을태에게 말했다.

"을태야, 나를 연모한다면 꼭 살아 돌아와."

하루성주가 을태에게 전하는 목소리는 떨리고 있었다. 을태는 얼굴이 상기되고 눈자위가 벌게졌다. 고돌발이 청년장군 을태의 옆구리를 쿡쿡 찔렀다.

"만인 앞에서 안시성 성주한테 저런 말을 들었으니 자네는 이제 죽어도 여한이 없겠구먼."

"제 이름만 영원히 기억해주면 그녀를 위해 죽을 수 있다고 생각했습니다."

"내 이름은 기억 안 하겠다는 거야 뭐야."

고돌발이 을태의 어깨를 툭 치자 그가 웃었다.

"장군님 같은 분과 길동무가 되어 감사할 따름입니다."

고돌발이 그의 창을 움켜쥐었다.

"자네와 동무가 되어 가는 길이 심심하지는 않겠군."

당나라군의 대열을 흩뜨려놓기 위해 고돌발과 을태와 백여 기병은 적진 안으로 깊숙이 뛰어들었다. 나머지 기병은 동문을 중심으로 초승달 모양으로 포진했다. 동문 밖에 있는 백성들을 보호하기 위해서였다.

시간이 흐르자 승자가 가려졌다. 백성들대신 안시성 기병과 말갈 기병이 포로가 됐는데도 오히려 승자는 고구려였다. 안시성은 구하고자 했던 평강과 하루성주를 살렸다. 하지만 오천 명이 넘는 용사를 잃은 하루성주에게 이 전투는 패배였다. 당나라군은 승리를 거뒀지만 당태종은 이 전투에서 패했다. 당태종은 얻고자 했던 평강과 하루성주를 놓쳤다.

안시성에서 이삼 리쯤 떨어진 곳에서 당나라군이 거대한 구덩이를 팠다. 이 모습을 하루성주가 지켜보았다. 성벽에서 당나라군의 행위를 지켜본 다음 평강궁으로 찾아오라는 할머니의 말 때문이었다. 하루성주는 오랫동안 구덩이를 지켜봤다. 넋이 나간 듯 휘청거리는 하루성주의 모습에 백성들은 걱정이었다. 하지만 평강의 명을 알고 있었기에 아무도 들어가 쉬라는 말을 하지 못했다.

구덩이가 다 파지자 당나라 진영에서 피범벅이 된 포로들이 줄에 엮여 끌려왔다. 그들은 당나라군에 맞서 싸운 안시성 기병과 말갈 기병 중 살아남은 사람들이었다. 그들 전부가 작든 크든 부상을 입었다. 고돌발과 을태의 얼굴은 보이지 않았다. 적진 깊숙이 들어간 그들은 전사했을 것이다.

계필하력이 말을 몰아 안시성을 향해 다가왔다.

"안시성 성주 양만춘은 들어라. 황상께서 그대에게 말씀을 전하라 하신다. 지금이라도 그대가 입조하면 안시성에 대한 공격을 멈추겠다고 하신다. 오직 그대만 오면 안시성은 평화를 찾는다."

하루성주가 명령을 내리기도 전에 궁사들이 화살을 날렸다. 계필하력이 위력이 떨어진 화살을 웃어가면서 이리저리 피하자 사람들이 침을 뱉고 욕을 했다.

"죽어라. 이 벌레 같은 놈."

"죽으면 죽었지 성주님은 못 내놓는다. 네 황제나 내놔라."

계필하력이 말했다.

"그만한 미색을 지녔으면서 어리석게도 왜 그리 힘들게 사는가. 황상께 가면 천하가 네 것이 된다. 네가 아끼는 백성들의 목숨을 보존할 수 있고 영화롭게 살 수 있다. 네 고집만 꺾으면 이 모든 것을 이룰 수 있다. 지금이라도 당장. 양만춘 성주, 그대가 진정 원하는 것을 생각해봐라."

하루성주는 입을 열지 못했다. 그녀의 눈앞에는 말하기조차 힘든 비극이 다시 준비되어 있었다. 지금당장 결단을 내리지 못하면 그 비극을 다시 보아야만 했다. 순간 하루성주는 항복하겠다고 말할 뻔했다. 하지만 그녀를 붙잡는 것이 있었다. 그것은 안시성의 성주라는 지위가 아니었다. 평강공주의 손녀라는 명예도 아니었다. 고구려태왕의 조카라는 신분도 아니었다. 그녀를 위해 죽어간 그 수많은 사람들의 마음이었다. 그 마음을 이제와 져버리는 것은 항복하는 것보다 더 어려웠다.

안시성군과 말갈 기병이 하루성주에게 소리쳤다.

"성주님, 우리는 항복을 모르는 고구려 군사입니다. 부상을 당해 죽지 못해 붙잡혔을 뿐입니다. 살아 치욕을 당하느니 깨끗이 죽겠습니다. 하루성주님, 우리들의 죽음만 기억해주십시오."

"안시성아, 우리를 기억해다오."

그들이 남긴 유언이 안시성 성벽을 타고 하늘에서 울렸다.

계필하력이 당나라군에게 명령을 내렸다. 고구려군 포로들이 거대한 구덩이 안으로 밀려들어갔다. 구덩이 밖의 당나라군이 구덩이 안을 흙으로 덮기 시작했다. 구덩이 안에 있던 고구려군 머리 위로 흙이 쏟아졌다. 깨끗이 죽겠다고 했지만 막상 산 채로 매장을 당하게 되자 구덩이 안에서 비명이 새어 나왔다. 비명소리가 흙에 파묻히며 붉은 대지에 거대한 무덤이 생기기 시작했다.

당나라군이 흙을 덮고 또 덮어도 사람의 손이 흙 밖으로 튀어나왔다. 어느 순간 흙더미 속에서 모든 움직임이 사라졌다. 부상을 당하는 바람에 포로가 된 이천오백 명은 이렇게 전원 생매장을 당했다.

그들이 묻힌 들판을 안시성 주민들은 잊지 않았다. 적원赤原이라 명명하고 비석을 그들의 무덤에 세워주었다. 그들의 비석은 안시성 주민들이 하염없는 눈물로 한 글자 한 글자 새겼다.

제 3 장

이름으로 사는 사람들

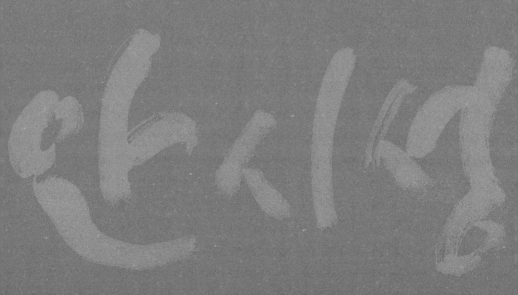

11. 정

　평강의 거처에서 하루성주는 떨고 있었다. 습한 무더위에 늘어져 있어도 땀이 날 지경인데 하루성주는 한겨울 눈밭에 맨발인 것처럼 그렇게 떨었다. 평강이 하루성주의 찻잔에 차를 따라주고 그녀의 자리에 가서 앉았다.

　"하루성주, 내가 보자고 한 이유를 알겠지요?"

　"제가 큰 잘못을 저질렀어요."

　"전투는 이길 때도 있고 질 때도 있습니다. 성주를 위로하려 하는 말이 아닙니다. 백전백승이란 허울 좋은 망상일 뿐입니다. 해서 오늘 성주의 판단을 얘기하고자 부른 것이 아닙니다."

　"아니요, 아니에요. 저 때문에 너무 많은 사람들이 죽었습니다. 제가 그들을 죽였어요."

　떨리는 두 손을 맞잡고 중얼거리는 하루성주를 평강이 안쓰럽게 바라보았다.

"오늘 안시성 성주의 잘못은 전투에서 진 것이 아니라 스스로를 믿지 못한 것입니다. 모두들 양만춘이 안시성의 진짜 성주임을 의심치 않습니다. 그런데 오직 한 명, 성주 본인은 스스로를 성주라 믿지 않았어요. 그랬기에 성주라는 자리를 할미에게 내팽개치고 밖으로 나갔던 겁니다. 안시성의 성주를 아직까지도 할미라 생각해서 그런 행동을 했던 거지요. 그러나."

하루성주가 뭔가 반박을 하려는 듯 입을 열자 평강이 세월을 초월한 듯한 미소로 그녀의 입을 막았다.

"이 전쟁이 아니더라도 할미는 이제 그리 오래 살지 못한단다. 당장 내일이 될 수도 있고 몇 달 후가 될 수도 있고, 오래지않아 나는 네 곁에 없을 게다. 이제는 너 스스로를 믿어주렴. 믿는 척만 하지 말고 진심으로 너를 믿어주어라."

울지 말라는 말을 어릴 적부터 각인시켰던 할머니 앞에서 하루성주가 눈물을 보였다.

하루성주가 마구간을 찾아갔다. 그녀의 애마 무지개를 만나기 위해서였다. 세 살 먹은 그 암말은 망아지였을 때 어미를 잃어서인지 하루성주가 제 어미인 양 잘 따랐다. 어렸을 적에 부모를 잃은 하루성주는 무지개라 이름지어주고 정성을 다해 망아지를 돌봤다. 마부가 그 망아지는 명마가 되기는 틀렸다고 했지만 그녀는 무지개를 안시성 최고의 명마로 키워냈다. 세인들이 할머니 평강을 닮았다고, 고구려 왕족들은 말을 키워내는 능력이 있다고 칭송했다.

하루성주가 무지개의 목을 끌어안고 같은 공기를 함께 들이마셨다. 짚 냄새와 흙냄새 그리고 무지개의 체온이 하루성주의 마음을 진정시켜주었다.

"여기서 기다리면, 만날 수 있으리라 생각했습니다."

놀란 하루성주가 천천히 몸을 돌렸더니 계백이 그녀를 향해 다가오고 있었다. 하루성주가 그녀의 칼을 잡고 주변을 재빨리 둘러보았다. 계백이 말했다.

"그 검으로 날 베어도 좋고 사람을 불러도 좋습니다. 하지만 잠시 시간을 주십시오."

경계를 풀지 않는 하루성주를 향해 계백이 거침없이 다가갔다.

"다치진 않았습니까?"

하루성주가 계백을 무섭게 노려보았다.

"당태종이 보냈나? 백제왕이 뭔가 다른 것을 원하던가? 이번에는 또 무슨 수작이냔 말이다!"

계백은 눈앞에서 분노로 타오르는 불꽃같은 하루성주를 바라보았다. 낮에 동문에서 봤던 광경이 다시 떠올랐다. 오십만 대군 앞에서는 당당했던 여인이었지만, 필연의 역사가 만들어낸 무수한 죽음이 자신의 탓이라 아파하는 여인이었다. 계백의 마음에 이미 넘칠 듯 담겨버린 이 여인이 지금 그를 죽이고 싶을 만큼의 증오를 보이니, 그는 처음으로 사랑의 아픔을 느꼈다. 정략혼인을 곧잘 후회하던 그였지만 지금 이 순간만큼은 정략혼인을 한 게 차라리 다행일지도 몰랐다.

"여기 오는 것이 얼마나 백제를 위험하게 할지 알면서도, 안시성으로 들어가는 당신을 향해 꿈같은 마음으로 다가가는 나를 발견하고, 나 자신조차 놀랐다고 말하면 믿어주겠소?"

"당신이 뭔데 나를 걱정해. 당신이 뭔데? 내가 모를 줄 알아. 당신 머릿속은 온통 백제뿐이야! 차라리 솔직하게 원하는 것을 털어 놔봐. 혹시 알아. 당신이 원하는 것이 안시성을 위한 것이면 내가 흔쾌히 들어줄지. 말해 보라고."

"구 년 전 그대를 처음 만났을 때, 나는 그대의 신분을 알았고 일부러 어머니의 유품인 귀걸이를 주고 그냥 갔어. 비록 이런 전쟁은 아니더라도 언젠가 평강공주와 당신의 이름을 이용해 백제를 위한 길을 만들어 보겠다는 생각을 부정하지는 않아. 이번에 안시성으로 오며 그 귀걸이가 과연 어떤 값을 하고 있을지, 그 기대감에 가슴이 뛰었어. 그런데 당신을 만나자 나는 내가 내 마음을 속이고 있다는 것을 알았어."

하루성주는 당혹스러웠다. 그리고 마치 몽유인 듯 현실이 아니라고 하려는 것처럼 고개를 저으며 뒷걸음질 쳤다. 계백이 그런 하루성주에게 한 발 한 발 다가갔다.

"이 전쟁은 우리가 만든 건 아니지만 그대와 나의 운명이야. 이 운명 속에서 내가 한 수를 두면 당신이 그 수에 응수하고 당신이 한 수를 두면 내가 응수를 했지. 그 수담으로 당신이란 사람을 그 누구보다 더 많이 알아가는 그 교감!"

"내가 이 안시성을 버릴 수는 없기에 그대에게 백제를 버리라고 말할 수 없는데, 그러한데 왜 내가 당신에게 백제를 버리라고 하고 싶어지는지, 왜 내가."

하루성주와 계백은 상대방의 눈을 보았다. 오늘은 긴 하루였다. 한쪽은 목숨을 걸고 안시성 밖으로 나갔었고, 다른 한쪽은 목숨을 걸고 성 안으로 들어왔다. 짊어진 짐이 너무나도 무거운 두 사람이었다. 그 짐이 그들의 미래를 어떻게 좌우할지 모르지만, 하루성주와 계백이 과거로부터 이어진 연줄을 확인하는 순간이었다. 그들을 향해 계백의 호위무사 가비류가 숨 가쁘게 달려왔다.

"왕자님, 오천솔을 데려왔습니다. 지금 성문 밖에서 대기 중입니다."

오천솔은 계백의 심복들이었다. 계백은 오천 명이나 되는 그 사람들의 이름을, 오천솔의 한 명 한 명을 다 알고 있었다. 하루성주가 수많은 안시성 백성의 이름을 기억하고 있듯.

계백이 하루성주에게 말했다.

"구원병을 받아들이겠습니까?"

"왜 당태종에게 보내지 않고 우리 고구려에?"

계백이 씩 웃었다.

"미워도 한겨레잖습니까."

하루성주의 명령에 따라 안시성 성문이 열리자, 밖에서 대기하고 있던 오천솔이 재빨리 성 안으로 들어왔다. 계백과 오천솔은 반갑게 인사를 나누었다. 계백이 오천솔에게 말했다.

"이 전쟁이 끝날 때까지 하루성주님과 함께 안시성을 지켜다오."

계백을 따르듯 하루성주를 따르겠다고, 이제 안시성은 걱정하지 말라고 오천솔이 답했다. 감격해하는 하루성주를 뒤로하고 계백은 호위무사 가비류와 함께 안시성을 빠져나갔다.

새벽빛이 막사 안을 비추기 시작하자 타로는 초조함이 더해갔다. 그의 주군 계백이 보이지 않아서였다.

"도대체 어디를 가셨기에, 이러다 황제가 찾기라도 하면."

깊은 한숨을 토해낸 타로는 막사 밖에서 계백을 찾는 목소리를 들었다. 당태종과의 아침식사 자리가 곧 최고 작전회의 자리였고, 계백은 매일같이 그 자리에 참석했다. 계백이 보이지 않자 당태종이 계백을 부르는 건 당연했다. 타로가 가장할 필요가 전혀 없는 진짜 걱정스러운 얼굴로 막사 밖으로 나갔다.

"왕자님께서 몸살기가 좀처럼 가라앉지 않으셔서 오늘은 회의에 참석하기 어렵습니다."

황제의 명령을 전하기 위해 왔던 근위병이 돌아섰다. 타로가 안도의 한숨을 토해냈지만, 그리 오래지 않아 근위병이 군의장교와 함께 나타났다. 군의가 막사로 들어가려 하자 타로가 말했다.

"왕자님은 지금 막사 안에 안 계십니다. 잠시 산책을 한다고 하셨습니다."

타로를 한 번 쳐다보고 군의가 알았다고 하며 돌아갔다. 당나라 진영의 험악한 분위기를 봤을 때 이대로 넘어가지 않을 듯싶었는데, 잠시 뒤 아사나사이가 막사 안으로 들어섰다. 타로가 예를 표했으나 아사나사이는 타로에게 시선조차 주지 않고 텅 빈 막사 안을 훑어보았다. 뭐라 변명도 못하는 타로를 아사나사이가 매몰차게 끌고 갔다.

계백이 사라졌다는 소식을 듣고 장손무기가 설인귀를 찾았다. 설인귀는 막사로 돌아가는 계백을 미행하다가 놓친 이후 그를 찾을 수 없었다는 알맹이 없는 말만 늘어놓았다.

장손무기가 설인귀에게 계백을 눈여겨보라는 명령을 내렸으나 설인귀는 그 명을 수행하지 않았다. 그는 계백의 뒤를 캐는 일을 할 생각이 처음부터 없었다. 계백이 의심스럽다는 것은 다름 아닌 그 자신이 지어낸 말 아니었던가.

"그 백제 왕자의 정체가 의심스럽기는 뭐가 의심스러워. 귀티가 좔좔 흐르는 것이 한눈에 봐도 왕자던데 뭐. 내 눈은 못 속이거든."

설인귀는 신분패를 받자마자 당나라 진영을 활개치고 다녔다. 그것을 이용해 아무 때나 술을 마시고 음식을 먹고 포로로 잡혀 있는 고구려 여인을 그의 막사 안으로 끌고 왔다. 이렇게 놀다 나중에 장손무기에게는 대충 말로 때울 심산이었다. 설인귀가 그의 손안에 있는 장손씨의 신분패를 보며 호탕하게 웃었다.

당태종 앞에 타로가 무릎을 꿇고 고개도 들지 못한 채 떨고 있었다.

"몸이 아프다면서 이른 새벽에 산책을 나갔다고?"

당태종이 노골적으로 믿지 못하겠다고 하자, 타로가 그의 머리를 땅에 박으며 외쳤다. 사실에 근접하게 말하는 거 말고는 달리 방법이 없었다.

"황송합니다. 미천한 게 잠에 취해 주군이 언제 나가셨는지 모시지도 못했습니다."

장손무기의 분노가 폭발했다.

"무엄한 자 아닙니까. 어찌 황상께 알리지도 않고 사신이라는 자가 제

멋대로 모습을 감춘단 말입니까. 이는 우리 대당을 우습게 아는 처사이자 황상을 능멸한 행위입니다. 계백을 오형에 처하소서."

"오형이든 육형이든 사람이 있어야 벌을 내릴 것 아니냐."

당태종이 시큰둥해하자 장손무기가 말했다.

"병사들을 풀어 계백을 찾아 끌고 오겠습니다."

"아니다. 공연히 병사들까지 소란케 할 필요 없다. 단, 오늘 일몰 때까지 진영을 떠날 만한 합당한 사유를 가지고 계백이 돌아오지 않을 경우, 배신으로 간주해 계백을 참수하고 백제에 그 책임을 물을 것이다."

전장인 데다가 전쟁에서 이기지 못하고 있어서 당태종의 판정은 엄했다. 타로는 당태종에게서 그 특유의 배포와 아량을 찾을 수 없었다. 계백이 참수를 당한다면 타로의 운명은 보나마나였다.

아침도 못 먹고 점심은 구경도 못하고 시간이 흘렀다. 타로는 여전히 무릎을 꿇은 채였다. 그 동안 수많은 사람들이 당태종의 막사를 들락거렸지만 계백의 소식은 없었다. 사람들은 타로가 마치 그 자리에 없는 듯 그에게 눈길 한 번 주지 않았다. 극도의 긴장감에 타로는 기진맥진해가고 있었다.

어느덧 머지않아 해가 떨어지려는 듯 막사에 불이 밝혀졌다. 당태종이 노기를 드러냈다.

"돌아오지 않는다? 돌아오지 않았겠다! 저 시종 놈의 목을 쳐 진영 밖에 걸어라. 백제에 사신을 보내 고구려 다음은 백제라고 통첩하라!"

타로 옆으로 다가간 근위병이 칼을 뽑아들었다. 무릎을 꿇은 그 자세에서 타로가 머리를 내밀었다. 언제든 목숨을 내놓을 각오로 계백을 수행한 그였기에 두렵지 않았다. 말 한마디 없이 사라져 그를 죽음으로 내몬 계백이었으나 그를 원망하지 않았다. 미천한 시종일 뿐인 그를 늘 아우인 양 대해준 주군 계백이 고마울 뿐이었다.

타로가 눈을 감았다. 어머니의 얼굴이 떠올랐고 그다음 가비류의 얼굴이 떠올랐다. 지금 타로에게 남은 미련이라 하면 가비류에게 그의 사랑을 고백하지도 못하고 가야만 하는 것이었다. 툭 타로의 눈물 한줄기가 바닥으로 떨어졌다.

"잠깐."

근위병이 타로의 목을 내려치려는 순간 당태종이 타로에게 말했다.

"마지막으로 할 말이 없느냐?"

영웅, 타로는 당태종은 과연 천하를 호령할 만한 영웅이라 느꼈다. 미천한 그에게 마지막 진술 기회를 주다니. 저런 당태종을 상대로 선전하고 있는 하루성주도 평강도 연개소문도 영웅이었다. 타로에게 제일가는 영웅은 물론 계백이었지만. 당태종을 향해 타로가 고개를 저었다.

"당나라의 외국 신하에 대한 예우가 겨우 이 정도 수준이었습니까?"

계백의 목소리에 막사 안의 모두가 출입구를 보았다. 그곳으로 계백이 정말 산책이라도 다녀온 사람처럼 느긋하게 들어서고 있었다. 계백이 근위병에게 뚜벅뚜벅 걸어가 그의 칼을 칼집에 꽂아주었다. 근위병이 당태종을 쳐다보자 당태종이 물러서라고 손짓을 했다. 계백이 말했다.

"잠시 자리를 비웠다 하여 제 시종의 목을 치려 하시다니, 너무 하시는군요."

장손무기가 나섰다.

"그대는 병을 핑계로 전투를 피했다. 그대가 군인이 아닌 문인이라 전투를 피한 것까지는 나무랄 수 없으나 황상께 거짓을 고했으니 참수가 과한 것은 아니다!"

"거짓을 고한 것은 잘못이지만, 기우일지도 모를 막연한 추측으로 황상의 마음을 어지럽힐 수 없어 그리한 것입니다. 사신인 저의 안전을 걱정했다면 모르겠으나, 지금 이 행태는 제가 첩자라도 되는 양 감시당하는 것과 뭐가 다릅니까!"

장손무기는 계백의 반박에 속이 터졌다. 당태종은 의심을 풀지 않았다.

"내 마음을 어지럽힐 수 있는 그 막연한 추측이 무엇이냐? 기우였더냐, 기우가 아니었더냐?"

"기우가 아니었습니다."

"무엇이냐?"

"어제 성 밖으로 나온 안시성 성주에게 지원군이 달려오지 않았습니까. 혹시 제가 모르는 고구려의 또 다른 지원군이 오고 있는 건 아닐지, 그것이 가장 염려스러웠습니다. 고구려 남쪽 지성에 있던 연정토가 요하를 거슬러 오고 있답니다. 그 자는 연개소문의 동생입니다."

계백이 가져온 참신한 정보에 당태종이 의구심을 풀고 계백의 다음 말을 재촉했다.

"당나라의 육군과 수군이 합류하는 것을 저지하려는 의도인 것 같습니다만."

"그래, 맞다. 짐의 수군 대총관 장량이 요하를 거슬러 올라오고 있을 것이다. 그 연정토의 수군은 장량이 맡아 막아낼 것이다."

"아, 황상의 지략이 하늘에 닿습니다. 고구려의 수군에 대비를 해두셨다는 것을 저는 몰랐습니다. 저의 걱정이 진짜 기우가 맞았습니다."

"고구려의 수군은 걱정거리가 아니다. 첫째도 안시성 둘째도 안시성이다. 내일 총공격을 준비하라. 짐은 오늘까지는 여기 진영에서 조촐하게 먹으나, 내일부터는 안시성에서 푸짐하게 먹고자 한다. 성주 양만춘을 짐의 무릎에 앉히고 술을 따르게 하리라!"

타로는 하루성주를 희롱하는 당태종의 말에 계백의 낯빛이 바뀌는 것을 목격했다. 그것은 그저 한 여인이 희롱당한 데서 나오는 분노가 아니었다. 문득 타로는 가비류가 걱정되었다. 그가 가비류를 짝사랑하듯 가비류는 계백을 흠모하고 있었다. 막사로 향하던 계백이 슬쩍 타로의 낯을 살폈다.

"나 때문에 죽을 뻔해서 화났느냐? 왜 꿀 먹은 벙어리 행세야?"

"죽는 것은 두렵지 않았습니다."

"울고 있었는데?"

"그래서 운 것이 아닙니다. 아시지 않습니까!"

타로가 진정으로 화를 내자 계백이 나직이 한숨을 쉬었다.

"너도 네 마음이 뜻대로 되지 않는 것처럼, 나 또한 그럴 것이라 생각해본 적이 있느냐?"

타로의 눈이 커졌다. 계백이 먼 데 시선을 두었다.

"사내의 꿈과 의지가 세상을 움직이는 것보다, 여인의 마음 하나 옮기는 것이 더 어렵구나. 마음의 무게가 세상의 그 어떤 것보다 무겁구나."

계백이 발걸음을 옮기자 타로는 묵묵히 뒤를 따랐다. 그런데 계백은 그의 막사가 아닌 다른 방향으로 가고 있었다.

"왕자님, 그쪽은 병사들 막사입니다."

"하루성주와의 약속을 지키려면 지금부터 나는 준비를 좀 해야 한다. 지난밤을 뜬눈으로 새웠을 텐데 너는 들어가 쉬어라."

"아닙니다. 모시겠습니다."

모든 사람들의 예상을 깨고 안시성은 함락되지 않고 있었다. 당나라군이 진영을 옮겨가며 성문 하나만을 집중 공략했어도 안시성은 끄떡없었다. 전쟁이 장기화되며 심리전이 전개되었다. 그런데 장기전에 돌입하기 전에 당나라군과 안시성군은 이미 전세가 역전된 듯했다. 충분한 양식과 물을 확보한 안시성이 정해진 양식을 오십만 대군이 아껴 먹어야 하는 당나라군보다 우위에 선 듯싶었다.

더운 날씨 탓에 당나라군은 군량 보관에도 어려움을 겪었다. 당나라군은 신선한 채소를 구하기 어려웠다. 소금에 절인 고기도 점점 배급이 줄어들었다. 안시성은 배고픈 당나라군을 약 올리듯 날마다 고기 굽는 냄새를 피워 올렸다. 심지어 당나라군은 그 진영 안에 파놓은 우물에 역청이 스며들어 식수조차 부족하게 되었다. 가비류의 소행이었다.

상황이 이러하자 총관들 사이에서 안시성을 우회하자는 의견이 연거푸 나왔다. 당초 일정대로 평양성을 공략하려면 이제는 더 이상 지체하기 어려운 상황이었다. 장손무기가 당태종에게 말했다.

"병법과 병서에 나오는 공성법이란 공성법은 죄다 써 보았습니다. 하지만 안시성을 함락시키지 못했습니다. 육십오만 중 벌써 이십만 가까이를 잃었으니 계속 안시성을 고집하다가는 그 피해를 예측하기 어렵습니다. 그 옛날 묵자는 아홉 번 성을 지켰다던데 양만춘은 무려 스물 하고도 일곱 번을 지켰습니다."

아사나사이가 말했다.

"괜히 성 하나에 지나치게 연연하여 시간을 낭비하였습니다. 지금이라도 우회하여 평양성으로 진격해야 합니다. 이 전쟁은 고구려를 무너뜨리려는 것이지 안시성을 무너뜨리려는 게 아닙니다. 그것을 잊어서는 안 됩니다."

반대 의견도 있었지만 지금이라도 안시성을 우회하자는 의견이 더 많았다. 총관들의 의견에 마음이 흔들리는 당태종을 보고 계백이 자리에서 일어났다.

"황상, 제 생각에는 황상의 앞에는 세 가지 갈림길이 있다 판단됩니다."

"무엇인가, 말하라."

"첫 번째 길은 이쯤에서 군사를 돌리는 것입니다. 요동성을 함락시켰고 주필산에서 이겼으니 이미 폐하의 승리입니다. 만족하시면 탈이 없습니다."

용퇴를 하라는 주청에 당태종이 낯을 찌푸렸다. 계백이 당태종의 자존심을 세워주며 말을 했어도 당태종은 이대로 돌아갈 생각이 없었다. 원래 목표였던 연개소문은 얼굴도 못 봤고 그 수염 한 가닥도 건드리지 못했다. 이 전쟁은 당태종이 무려 십오 년 동안 준비한 것이었다. 묘목을 심고 십오년을 길렀으니 그 과일나무의 결실을 맛보고 싶은 건 당연했다. 계백은 당태종에게 일부러 회군이라는 패를 먼저 꺼내 그 일말의 여지를 없앴다. 당태종은 계백의 다른 계책을 원했다.

"다른 길은 무엇이냐?"

"대다수 총관들의 의견대로 안시성을 우회하여 평양성을 향해 나아가는 것입니다."

다른 사람들이 입을 채 열기도 전에 계백은 말을 뒤집었다.

"하지만 그 길은 너무 위험합니다. 지난 한 달 동안 안시성은 당나라군에 맞서 한 치도 밀리지 않았습니다. 그 막강한 적을 내버려두고 진군을 한다는 것은 원수에게 칼을 주고 그를 등 뒤에 두는 것입니다. 적진 깊숙이 들어갔다가 자칫 양쪽의 협공을 받으면, 백등산에서 흉노의 묵돌 선우에게 포위됐던 한고조의 우를 범할지도 모릅니다."

다들 안시성의 드센 저항에 약이 오를 대로 올라 있었다. 당태종은 계백의 말에 백번이라도 동의할 듯 고개를 끄덕였다.

"마지막 길은 무엇이냐?"

"기어이 안시성을 장악하는 것입니다. 저 성에는 백만 석이 넘는 식량이 있습니다. 회군하지 않고 당나라군 모두 이 요동에서 겨울을 날 수 있습니다. 내년 봄에 평양성을 공격하면 됩니다. 아니, 안시성이 함락되면 올해가 가기 전에 고구려가 항복할지 모릅니다. 저 성에는 고구려의 어머니라 불리는 평강이 있습니다. 공주를 사로잡아 인질로 삼으면 고구려 전체를 사로잡는 것입니다."

장손무기가 답답한 듯 탁자를 내리쳤다.

"그것이 최상의 방법이라는 것을 모르는 사람이 이 자리에 있는가. 지금까지 무엇을 보고 무엇을 들었어. 그 어떤 공성법도 통하지 않는데!"

"그래서 말씀드린 것입니다. 저 난공불락의 성을 함락시킬 방법은 오직 하나입니다."

"방법이 있어?"

다들 어서 말하라고, 빨리 말하라고 계백의 말을 재촉하였다.

"흙으로 안시성보다 높게 산을 쌓으십시오. 흙산을 쌓아 산 위에서 성을 공격하면 안시성은 성이 아니게 되는 것입니다. 평지에서 싸우는 것이 됩니다. 아니, 당나라군이 위에 자리를 잡으면 안시성군이 아래에서 위로 힘겹게 올라와야 합니다. 시간이야 좀 걸리겠지만 토산만 쌓으면 이긴 것이나 진배없습니다."

"평지에서 싸우는 거나 마찬가지다? 유리한 고지?"

다들 생각을 해봤다. 한 가지 마음에 걸리는 것이라면 토산을 쌓는 시간인데 안시성 성벽은 그다지 높지 않았다. 계백이 말한 것처럼 안시성만 수중에 넣으면 시간은 문제가 아니었다. 시간은 벌충이 되고도 남았다. 안시성에서 겨울을 날 수만 있다면 이 전쟁은 승리였다. 총사령관이 다름 아닌 당태종이었기에 더 승리라는 확신이 섰다. 당태종이 무릎을 쳤다. 고구려가 항복하면 백제와 신라도 항복할 거라는 속내를 당태종은 굳이 드러내지 않았다.

"흙산은 손자병법이 울고 갈 묘책이다. 그대들 생각은 어떠한가?"

다들 선뜻 대답하지 못했다. 토산을 쌓자는 방법이 나빠서가 아니었다. 계백의 묘책 때문에 지금까지 우회를 주장하던 총관들은 탁상공론만 한 셈이었다. 질문을 달리해서 당태종이 총관들에게 물었다.

"토산을 쌓는 계책에 무슨 문제점이 있는가?"

"문제점을 찾을 수 없습니다."

"없습니다. 묘안입니다."

당태종이 말했다.

"좋다. 흙으로 산을 쌓는다. 높이높이 쌓아라! 태산보다 높이."

토산, 이 전대미문의 작전은 계백이 하루성주를 찾아갔던 날 세워졌다. 곧 당나라 진영으로 돌아가야 하는 두 사람이 마주앉았다. 하루성주가 말했다.

"고구려와 당나라 사이에서 선택은 했습니까? 내가 고구려를, 이 안시성의 백성들을 저버릴 수 없기에 그대에게도 백제를 버리라고 말할 수 없습니다. 고구려와 백제는 우리가 거부할 수 있는 운명이 아닙니다."

"안시성으로 오기 전 대왕님과 나눈 밀담이 있습니다. 주로 당나라와 고구려의 힘이 소진되는 데 걸리는 시간과 피해규모였습니다. 이 안시성은 보름쯤 버틴 뒤 당나라에 함락되어야 했습니다. 그런데 주필산 전투에서 고구려가 패했습니다. 그래서 나는 안시성의 수명을 보름쯤 연장했습니다. 백제에게 가장 이득이 되는 방향으로. 하지만 이제 안시성은 무너뜨리고 싶지 않아졌습니다."

계백은 하루성주가 무탈하기를 바랐다. 그런데 하루성주가 당태종을 안시성 곁에 묶어두는 건 어떻겠느냐고 계백에게 물었다. 당태종이 안시성에서 떠나게 하면 고구려의 피해가 더 커질 거 같아서였다. 당태종이 대군을 거느리고 고구려 땅 여기저기를 휘젓고 다니는 게 고구려에 더 위험하다는 데 두 사람의 의견이 일치했다. 안시성만큼 당나라군을 잘 방어할 성이 과연 있을지 의심스러웠다. 하루성주가 말했다.

"당태종에게 우리 안시성을 공략할 토산을 쌓게 할 수 있겠습니까?"

계백의 마음을 그녀의 마음에 담아두긴 했지만 하루성주는 이미 고구려의 성주로 돌아와 있었다. 이 전쟁의 변수를 줄이겠다는 의도였고 안시성이 희생을 감내하겠다는 거였지만 너무 위험했다.

"토산을요?"

계백은 가슴이 떨렸다. 당나라가 안시성에 흙산을 쌓게 하자는 것은 승부를 내자는 수였다. 흙산으로 당나라와 고구려가 비기는 경우는 없었다. 당나라와 고구려 둘 중 하나는 큰 타격을 받을 것이었다. 토산 때문에 안시성이 함락되면 고구려가 위험했고 백제까지 곤경에 처할 것이었다.

"최선을 다해 당태종에게 토산을 쌓게 할 테지만 성주님이 대처를 잘못하면 진짜 위험할 것입니다."

"토산을 쌓게만 해준다면, 내가 이 전쟁의 끝을 우리 안시성의 승리로 마무리할 것입니다."

대화가 길어져버렸다. 계백이 떠나야 할 시간이 됐지만 두 사람 다 쉽게 입을 열지 못했다. 지금 헤어지면 언제 다시 만날지 기약이 없었다. 당태종을 따라 계백이 당나라로 가야할지도 몰랐고 평양성을 공격하러 안시성 근처를 떠날지도 몰랐다.

계백이 손을 뻗어 하루성주의 손을 잡았다. 작고 가녀린 손이 계백의 커다란 손 안에 감싸였다. 하루성주가 계백의 진심을 믿어줄 것인지 모르겠지만 이것이 계백의 답이었다. 계백은 하루성주가 토산에 어찌 대처할지 그 방안은 듣지 못하고 안시성을 떠나왔다.

12. 토산을 보는 다른 시각

　느닷없이 망치질 소리로 요동벌이 시끌벅적했다. 성 밖에서는 나무로 기초를 다지고 흙을 운반해 안시성 동남쪽에 흙산을 쌓기 시작했다. 그 모양새가 개미 떼가 집을 짓고 부지런히 먹이를 나르는 것 같았다. 성 안에서는 성벽을 높이기 위해 돌로 담을 쌓고 흙을 채우고 그 위에 목책을 올렸다.

　양측이 토목공사로 분주한 동안에도 싸움은 그치지 않았다. 당나라군은 하루도 거르지 않고 안시성에 공격을 가했다. 안시성 안팎에서 벌어지는 전투와 공사를 바라보며 계백은 하루성주가 어떻게 대처할지 자못 궁금해 했다.

　밤늦게까지 회의를 한 뒤 하루성주가 그녀의 내실로 들어갔다. 마침 가비류가 피가 묻은 옷을 갈아입고 있었다. 가비류가 하루성주의 내실을 드나드는 까닭은 그녀 자신의 안전 때문이기도 했지만 하루성주를 보호하기 위해서이기도 했다. 하루성주가 말했다.

"편히 해."

가비류가 부지런히 손을 놀려 옷을 갈아입었다. 하루성주가 탁자 위 등불을 키웠다. 쟁반을 덮은 보를 걷고 쟁반의 요깃거리를 두 사람 몫으로 나누었다. 옷을 다 갈아입은 가비류가 하루성주를 향해 고개를 숙였다.

"수급은 여느 때처럼 아두치장군의 수하에게 주었습니다. 가보겠습니다."

하루성주가 탁자 위 음식을 가리켰다.

"같이 먹으려고 일부러 더 마련해뒀어. 잠시 앉지 그래."

가비류가 말했다.

"가겠습니다."

아무런 감정이 실리지 않은 인사였다. 하루성주와 한동안 시선이 마주친 뒤 가비류가 탁자에 앉았다. 방안은 등잔불의 심지가 가끔 내는 소리만 있을 뿐이었다.

"허기라도 좀 채워."

하루성주가 가비류 앞으로 찬들과 밥을 놓아주면서까지 권하니 마지못해 가비류가 숟가락을 들었다. 밥을 먹기 시작한 가비류는 그간의 허기를 다 메우려는 듯 그릇을 깨끗이 비웠다. 그동안 하루성주는 한 젓가락의 면을 꾸역꾸역 억지로 삼켰을 뿐이었다. 안시성을 위해 죽어간 백성들의 이름이 생각나면 음식을 삼키기 어려웠다. 그들의 얼굴이 떠오르면 저절로 나오려는 눈물을 참는 건 그 누구에게도 말 못할 고통이었다. 백성들과 안시성을 위하여 그녀는 눈물 한 방울도 보여서는 안 되었다.

"나도 문득 그대가 다치진 않았는지, 밥은 제대로 먹는지, 잠은 편히 자는지 염려가 되는데, 그대의 왕자는 어떠할까? 예전에 왜국에서 온 무역상에게 들은 적이 있어. 왜국의 문신은 그 사람의 마음과 삶을 담는 것이라고. 가비류 그대가 날 돕는 이유도 그 문신에 담겨있겠지?"

"저는 오직 왕자님의 명에 따를 뿐입니다. 성주님을 도우라 하셨기에 돕는 것뿐입니다."

가비류는 하루성주의 시선을 피하지 않았다. 수많은 감정들이 하루성주의 눈동자를 스치고 지나갔다.

"고마워, 다 먹었으면 그대의 주군에게 돌아가."

가비류가 계백왕자님께 전할 말씀이 없냐고 물었다. 가비류가 자리에서 일어나자 하루성주도 일어나 가비류의 눈을 바라보았다.

"당나라의 토산이 완성되는 날 절대 토산으로 와서는 안 된다는 게 하루성주의 답이다. 이렇게 전해줘."

가비류의 눈빛이 순간 흔들렸다. 하루성주에게 고개를 숙이는가 싶더니 가비류가 밖으로 사라졌다. 창가로 다가가 하루성주가 창문을 열었다. 투둑 비가 내리기 시작했다. 하루성주가 하늘을 올려다보았다. 비가 내리면 토산의 흙이 다져질지 아니면 물러질지 하루성주는 궁금해 했다.

계백의 막사 안에 타로가 홀로 있었다. 토산의 완공이 내일모레라 계백은 회의에 참석하고 있었다. 토산 건립은 당초 전망보다 늦어졌고 요동의 날씨는 빠르게 서늘해지고 있었다. 신경이 곤두선 당태종은 작전회의 시 근위병조차 막사 안으로 들어오지 못하게 하였다.

타로는 잔뜩 신경이 곤두서 있었다. 며칠 전 백제에서 온 비밀 지령 탓인지 계백의 낯빛은 어두워지고 말수는 부쩍 줄었다. 그 밀서를 계백은 타로에게 아예 보여주지도 않았다. 처음 있는 일이라 타로는 계백의 안위가 걱정스러웠다. 분명히 그가 모르는 무슨 일이 벌어지고 있었다.

설핏 잠이 들었던 타로가 인기척에 놀라 벌떡 몸을 일으켰다. 어둠속이었지만 타로는 그 그림자가 계백이 아닌 가비류의 것임을 알았다.

"너 안시성에 간 거 아니었어?"

그림자는 대꾸도 없이 한쪽 구석에서 털썩 주저앉았다. 타로가 달려가 팔을 잡았다. 소매에서 물이 뚝뚝 흘렀다. 타로가 두건으로 가비류의 얼굴과 머리를 닦아주고 겉옷을 벗어 그녀를 덮어주었다.

"비가 오면 좀 피해있지. 급한 전갈이야? 아무리 그래도 그렇지. 비가 차가워졌는데 좀 피했다 오지."

타로가 목소리를 높여도 가비류는 그 어떤 반응도 보이지 않았다. 타로는 가비류의 파리한 얼굴과 떨리는 눈동자를 보았다. 얼굴이 온통 물에 젖었는데, 가비류의 눈동자가 떨리고 있었다. 가비류가 눈을 감고 울음소리 없이 울었다. 타로가 가비류의 양팔을 붙잡고 흔들었다. 가비류가 고개를 저었다. 젓고 또 저었다. 그리고 천천히 몸을 일으켰다.

"하루성주님 전언이야. 당나라의 토산이 완성되는 날 절대 토산으로 와서는 안 된다는 게 하루성주의 답이다."

타로에게 하루성주의 전언을 대신 전해달라고 하며 가비류가 몸을 일으켰다. 순간 타로가 뒤에서 가비류를 안았다. 이 여린 몸이 어떻게 그 위험한 일들을 해왔는지 몰랐다. 타로가 말했다.

"울지 마. 무슨 일인지 모르겠지만."

타로의 이 한마디가 십 년 세월을 담은 마음임을 가비류는 알고 있었다. 여느 때라면 가비류는 타로의 포옹을 내버려두지 않았을 텐데, 그녀는 타로의 품안에서 잠시 그대로 있었다.

"고마워."

말을 마친 가비류가 순식간에 타로의 품에서 빠져나왔다. 막사 밖으로 나가다가 타로의 얼굴을 한 번 돌아보고 가비류는 빗속으로 향하였다. 막사 안에서 타로가 울부짖었다. 타로가 울부짖는 소리를 뒤로 한 채 가비류는 어둠 속으로 사라져갔다.

이날 밤 타로와 가비류는 계백의 막사를 지켜보는 사람이 있다는 걸 몰랐다. 평소의 가비류라면 눈치 챘을 테지만 그녀는 설인귀의 인기척을 알아채지 못했다.

설인귀는 장손씨의 신분패를 이용해 물의를 일으켰다가 장손무기에게 호되게 질책을 받았다. 장손무기에게 빌고 또 빌어 마지막 기회를 얻었다. 설인귀는 그 어떤 꼬투리라도 잡을 요량으로 계백의 막사를 찾았다가 우연히 가비류를 목격했다. 사람은 역시 행운이 있어야 한다며 설인귀가 함박웃음을 지었다.

*

　하루성주가 토산 관련 정보를 보내오자 연정토는 연개소문을 찾아갔다. 연개소문이 연정토에게 말했다.

　"당태종이 안시성에 토산을 쌓고 있다고? 오천솔이라 불리는 계백의 사병 오천 명이 안시성으로 들어가 안시성을 함께 방어한다고?"

　"예, 계백왕자가 보낸 밀서에 의하면 그렇습니다."

　연정토는 하루성주가 아닌 계백이 밀서를 보내왔다고 거짓말을 했다. 형 연개소문은 평강뿐만 아니라 그녀의 손녀 하루성주도 싫어했다. 그 이유는 딱 하나였는데 그것은 영원히 변할 수 없는 것이었다. 하루성주가 여자여서였다. 연개소문이 연정토에게 말했다.

　"왜 자신이 직접 출전하였는지 당태종은 아예 그의 길을 잃고 말았구나."

　"토산을 쌓게 한 것은 계백왕자의 공입니다."

　연개소문이 연정토를 노려보았다.

　"그는 고구려인이 아닌 백제인이다."

　연개소문의 힐난에 연정토가 움찔했다. 연개소문이 커다란 잉어를 향하여 먹이를 던졌다.

　"그런데 이상한 게 있구나. 내가 계백의 입장이었다면 이리 오래 시간을 끌지 않았을 텐데. 내가 만약 그라면 당태종을 도와 안시성을 함락시키고 당나라군을 오골성까지 진군시켰을 것이다. 당나라와 우리 고구려가 더 치열하게 싸워야 백제에게 이익이 될 테니."

갑자기 연개소문이 웃음을 터트렸다.

"훗날 역사가들이 이 전쟁은 안시성에서 시작하여 안시성에서 끝났다고 기록하겠구나. 당태종이 토산까지 쌓았으니 안시성은 전설이 될 것이다. 평강의 이름이 높아지는 게 마음에 들지 않는다만 그 할망구는 머지않아 죽을 테니까. 어쨌든 안시성은 우리 고구려의 상징으로 남겠구나."

연개소문이 자리를 박차고 일어났다. 그 바람에 그 옆에 있던 먹이통이 연못에 떨어졌다. 먹잇감을 먼저 차지하려는 잉어들 때문에 연못의 물이 들끓었다.

"작전을 변경한다. 당태종을 평양성까지 끌어들이는 것이 아니라 그의 퇴로를 막아야겠다."

연개소문이 당태종의 퇴로를 막겠다는 것은 당태종이 안시성을 함락시키지 못한다는 장담이나 매한가지였다. 연정토는 왜 그리 생각하는지 형에게 묻지 못했다. 아니 안시성이 함락되지 않을 거라는 형의 말을 믿지 못했다. 토산을 쌓는데도 어떻게 안시성이 함락되지 않을 수 있단 말인가! 그래서 연정토는 연개소문의 작전변경을 계백과 하루성주에게 알리지 않았다.

*

안시성 안팎에서 안시성은 성벽을 높이고 당나라군은 흙산을 높이고 있었다. 한 달 넘게 흙을 쌓자 토산의 높이가 안시성의 높이와 얼추 비슷해졌다. 토산과 안시성 사이가 흙으로 메워지며 서로 얼굴을 알아볼 수 있는 거리가 되었다. 작업을 하는 당나라군과 안시성군 사이에 곧잘 말싸움이 벌어졌다.

"야, 이 고구려 잡놈들아!"

"저 당나라 잡것이 누구 보고 잡놈이라는 거야. 이 개 잡것들아!"

"개 잡것? 네놈들 왕을 죽인 연개소문이 개 잡것이다. 개소문, 개잡놈, 개 잡종."

"네놈들 두목 이세민은 형제도 죽인 짐승이야. 짐승! 아니, 짐승보다 못한 놈이지."

당나라군이 안시성군의 얼굴을 뚫어져라 노려보았다.

"너, 내가 얼굴 똑똑히 기억해뒀다. 성만 함락 돼봐라. 너부터 내 손에 죽는다. 그리고 그 옆에 있는 네놈들도 다 죽인다! 네놈들 모두 가죽을 벗겨버리겠다."

"아이고 뿡이다. 이놈아, 할 수 있으면 해 봐라. 성 안으로 들어올 수 있기나 하냐. 주둥이로만 떠들지 말고 들어오라니까."

말싸움은 하루에도 몇 차례씩 벌어졌다. 그런데 안시성 성벽 근처에서만 토목공사가 진행되는 게 아니었다. 안시성 안 또 다른 곳에서 비밀리에 공사를 하고 있었다. 양이지를 비롯하여 공사에 참여한 사람들만 알고 있었다.

구름이 달을 희롱하는 밤. 잠자리에 들 때쯤 당나라군은 안시성에서 나오는 음악소리를 들어야 했다. 하루성주의 사면초가 계책에 따라 며칠 전부터 안시성의 악공들은 당나라 음악을 연주하고 있었다.

당나라 진영 목책 앞에서 경계병 두 명이 불침번을 서고 있었다. 지루한 듯 길게 하품을 하던 그들은 고향 이야기로 향수를 달랬다.

"나는 요즘 먹는 게 부실해 그런지 전갈 튀김 생각에 미치겠어. 통째로 튀겨 다리를 하나씩 뜯어 먹는 그 맛은 말로 할 수 없어."

"우리 고장의 굼벵이가 별미지. 씹고 또 씹다보면 쫄깃쫄깃 담백하거든. 어유, 다른 얘기하세. 먹고 싶어 환장하겠네."

경계병들이 입맛을 다시는 사이 어둠 속에서 단도가 날아와 그들의 목을 꿰뚫었다. 검은 그림자가 나타나 단도로 그 목을 잘랐다. 구름의 희롱에서 벗어난 달이 검은 그림자의 얼굴을 비추었다. 가비류였다. 목이 없는 경계병의 시체를 두고 가비류는 어둠속으로 사라졌다. 당나라 진영에서는 이삼 일에 한 번씩 목이 없는 병사의 시체가 발견되었고, 그 목은 어김없이 안시성 성벽에 걸려 있었다. 당나라 진영은 비상이 걸렸다. 철통같이 수비를 했어도 당나라군 수급이 자꾸 안시성에 걸리는 것을 막지 못했다.

누구의 소행인지 모르는 가운데 흉흉한 사건이 계속되자 밤에 소변을 보러 나가는 것조차 두려워하였다. 장기간의 전쟁으로 이미 마음이 피폐해질 대로 피폐해진 당나라군이었다. 향수병에 걸리지 않은 당나라군은 드물었다. 깊은 밤 안시성에서 나오는 고향의 노랫가락에 밤잠을 설치기 일쑤였다. 다들 신경이 곤두서 사소한 일에도 다툼이 일어 진영이 조용할 날이 없었다.

사태가 이 지경이 되자 당태종은 토산의 책임자 이도종李道宗에게 일을 재촉하였다. 이도종은 하루라도 빨리 토산을 완성하기 위해 병사들을 다그쳤다. 토산이 커져갈수록 병사들의 불만도 눈밭을 구르는 눈덩이처럼 커져만 갔다.

645년 9월 14일.

두 달에 걸친 공사 끝에 당태종이 그렇게 기다리던 토산이 완공되었다. 사다리꼴의 웅장한 토산이 안시성의 동남쪽 성벽과 닿아있었다. 당태종은 다음 날 동이 트자마자 전군이 진격하라고 명령해뒀다. 총관들은 반나절이면 안시성을 함락시킬 거라 장담했다. 토산 위에서 안시성으로 총공격을 가하면 확실히 당나라가 유리할 것이었다.

안시성 안에서 사람들이 무섭도록 빠르게 움직이기 시작했다. 하루성주가 아두치장군을 불렀다.

"적의 토산이 완공되었습니다. 우리 쪽 준비는 어떠합니까?"

"완벽하지 않습니다. 만약 물이 안시성 바깥이 아닌 안쪽으로 흐르면 성안이 물바다가 됩니다."

토산을 물로 무너뜨리려는 술책은 안시성에 비밀수로가 있어서 그 발상이 가능했다. 안시성 밖 북쪽 산 중턱에 큰 동굴이 있었는데, 이 동굴에서 성 안 지하로 흐르는 물줄기가 안시성의 비밀수로였다.

양이지는 수로로 흘러가는 물 일부를 차단하여 동굴에 물을 채우는 공사를 비밀리 진행해왔다. 이제 그 수문을 열 시간이 다가왔는데 물길을 성 밖으로 돌리는 토목공사는 불완전했다.

양손을 깍지 끼고 하루성주가 한참을 생각했다.

"계획대로 갑니다. 수공 말고는 토산을 허물어뜨릴 방법이 없습니다. 이제는 하늘에 맡길 때입니다."

하루성주의 용단에 아두치장군이 미소를 지었다. 저 용기는 분명 그녀의 할아버지 온달에게서 받은 것이었다. 용기가 아니라 만용인지도 몰랐다. 전투를 할 때 온달은 맨 앞에 섰다. 이미 전쟁영웅이었는데도, 고구려왕의 사위였는데도 선봉은 늘 그의 몫이었다.

하루성주의 부모는 역병이 도는 마을을 직접 방문했다가 그들 역시 역병의 희생자가 되었다. 이러했는데도 평강이 고구려의 어머니라 불리지 않으면 이상한 일이었다. 양이지가 고개를 숙여 평강의 손녀 하루성주에게 경의를 표했다.

아두치장군은 하루성주의 안전을 걱정했다. 하루성주는 온달과 평강 가문의 유일한 핏줄이었다. 안시성의 백성들이 죽음으로 그녀를 보호하는 이유였다. 마찬가지로 이 수많은 사람들을 하루성주가 외면할 수 없는 이유였다.

13. 하얀 비단

진왕파진악秦王破陣樂은 당태종이 황제가 되기 전 전공을 찬양하는 노래였다. 이 진왕파진악을 울리며 당나라군이 새벽녘에 안시성을 향하여 진격했다. 토산 자체가 이미 성벽을 무력화시킨 것이나 다름없었다. 공간만 조금 협소할 뿐 평지에서 싸우는 거랑 별반 다르지 않았다. 안시성군은 격렬하게 저항했으나 한 식경도 지나지 않아 점점 뒤로 밀렸다. 안시성군이 밀리자 당나라군은 오랜만에 기세가 올랐다. 안시성 동남쪽에 자리한 토산 위로 당나라군이 끊임없이 올라갔다. 담쟁이넝쿨이 담을 완전히 휘감은 듯 토산의 흙이 보이지 않을 지경이었다.

양이지가 비밀 수로의 수문을 열었다. 쿠쿠쿠쿠쿵. 굉음과 함께 물살이 땅을 흔들기 시작했다. 토산 위에 있는 병사들은 처음에는 그 굉음을 듣지 못했다. 창칼이 부딪치는 소리, 병사들의 고함 때문에 당나라군은 멀리서 들려오는 소리를 인지하지 못했다. 어느 순간 갑자기 들린 소리는 점점 커졌고 땅은 지진이 난 듯 흔들렸다. 안시성 안에 있던 사람들도 그 기이한 소리와 수상한 진동을 감지했다.

하루성주가 안시성군에게 퇴각을 알리는 징소리를 울렸다. 안시성군은 일제히 성 안으로 뛰어들기 시작했다. 영문을 모르는 당나라군은 도망가는 안시성군을 보며 고개를 갸우뚱했다.

"적들이 도망친다. 전군 진격!"

총관들이 당나라군에게 안시성 안으로의 진입을 명령했다. 성벽을 넘으려던 당나라군은 엄청난 물살이 밀려오는 것을 보았다. 물줄기는 북쪽 산과 안시성 성벽 사이를 타고 왔다. 토산에 부딪친 물줄기가 두어 장 이상 솟구쳐 올랐다. 물줄기는 웅장한 폭포수처럼 곧바로 쏟아져 내렸다. 토산 근처에 있던 수천 명의 당나라군이 물을 맞아 쓰러지고 물살에 정신을 잃었다.

물은 물의 공격만으로 끝나지 않았다. 산을 타고 내려온 돌덩이와 나뭇조각이 물을 따라 솟구쳤다 내리꽂혔다. 흙탕물에 휩쓸린 병사들이 놓친 창칼에 목숨을 잃은 당나라군도 적지 않았다.

토산 위쪽에 있던 당나라군은 물벼락을 맞았고 토산 아래쪽에 있던 당나라군은 흙이 삼켰다. 몰아치는 물줄기를 피해 도망친 당나라군은 흙더미가 덮쳤다. 마치 물의 수호신 청룡과 흙의 수호신 황룡이 한바탕 큰 다툼을 하는 듯했다. 그 용들이 입을 벌릴 때마다 애꿎은 인간이 제물이 되어갔다. 흙탕물 속에서 허우적거리는 당나라군은 늪에 빠진 짐승 같이 안시성군의 손쉬운 표적이 되었다.

먼발치에서 토산 전투를 지켜보던 당태종이 십 리 이상을 피했다. 토산의 붕괴로 당나라군은 만 명 남짓 익사하고 압사를 당했다. 예상보다 전사

자는 적었지만 전투력을 상실한 부상병이 많았다.

　오십만 명을 동원하여 두 달 동안 심혈을 기울여 쌓은 토산이었다. 당태종은 이성을 잃어가고 있었다. 토산이 무너진 것은 고구려 원정이 끝났다는 선고였으나 당태종은 현실을 받아들이고 싶지 않았다. 이 와중에 비보가 하나 더 날아들었다. 수군대총관 장량張亮이 당태종에게 보고도 하지 않고 수군을 퇴각한 것이었다. 장량은 머지않아 당나라가 멸망하거나 그보다 빨리 당태종이 죽을 거라 지레짐작했다.

　당태종이 애초에 동원한 병력 육십오만 가운데 성성한 군사는 이제 삼십만 정도였다. 군막으로 돌아온 당태종은 한동안 화를 가라앉히지 못했다. 그가 계백을 부르려고 했을 때 장손무기가 포승줄로 묶인 계백과 타로를 끌고 왔다. 그들의 뒤를 의기양양하게 설인귀가 따라왔다.

　당태종 앞에 계백과 타로의 무릎이 거칠게 꿇려졌다. 당태종이 눈을 치뜨고 장손무기를 쳐다보았다. 장손무기가 말했다.

　"황상, 이 자가 이 사태의 원흉입니다!"

　"그래, 토산을 쌓자고 한 사람이 계백왕자니까, 그리 보자면 그럴 수도 있겠군."

　"안시성과의 내통이 있었습니다. 토산을 쌓게 하여 진군을 늦추었고, 또한 토산을 무너뜨리라고 훈수를 뒀습니다."

　계백이 말이 없자 타로가 나서서 다급히 외쳤다.

　"아닙니다! 저희 왕자님은 백제의 사신일 뿐입니다. 왜 그런 일을 하겠습니까. 절대 아닙니다. 그런 적 없습니다!"

무표정인 채로 계백은 아무 변명도 하지 않았다. 장손무기가 외쳤다.

"이 자가 하는 짓이 수상해 제가 사람을 붙였습니다. 설인귀!"

장손무기가 호명하자 설인귀가 당태종 앞으로 나섰다. 막사 안에 있는 사람들의 시선을 한 몸에 받자니 그는 주눅이 들었다. 자연스럽게 당태종에게 부복하였다. 이 순간은 설인귀 인생 최고의 분수령이었다. 동전을 제 마음대로 주조할 수 있는 권리를 하사받은 등통鄧通만큼 부를 누릴 것인가. 아니면 총관, 대총관으로 승진하여 곽거병霍去病처럼 천군만마를 호령할 것인가. 이도 저도 아니라면 죽음 또는 낙향일 것이다.

"저는 주필산 전투에서 감히 황상을 구한 설인귀입니다."

지난날 그의 목숨을 살린 설인귀에게조차 당태종은 그 굳은 낯을 펴지 않았다. 분위기가 심상치 않다고 본능적으로 직감한 설인귀가 얼른 고했다.

"제가 저자를 주시한 것은 저자가 시종과 자주 왜국말로 이야기를 했기 때문입니다. 백제인이 왜국말을 하는 것이 의심스러웠고, 그것을 행군대총관님께 고했습니다. 그런데 얼마 전 저자의 막사에서 검은 옷을 입은 사내가 빠져나갔으며, 제가 그 뒤를 쫓아가보니 그는 안시성 방향으로 사라졌습니다."

설인귀의 말에 타로가 가슴을 쓸어내렸다. 설인귀는 어둠과 비 때문에 가비류가 여자인지 파악치 못했다. 그런데 타로의 예상과 달리 계백은 설인귀에게 항변하지 않았다.

"저 말이 사실인가? 저 말이 사실이냐 물었다!"

당태종이 거듭 물었지만 계백은 아무런 대꾸도 하지 않았다. 그동안 계백을 총애했던 당태종의 얼굴이 흙빛으로 변했다. 이때다 싶어 장손무기가 나섰다.

"계백이 없었다면 이미 고구려를 손에 넣었을지도 모릅니다. 저자의 연환계에 속고 농간에 두 달을 허비하였습니다. 계백의 목을 쳐 두 번 다시 이런 일이 없도록 천하에 알리심이 옳을 듯싶습니다!"

타로가 무릎으로 기어가 당태종 앞에서 울부짖었다.

"이렇게 억울한 일이 그 어디에 또 있겠습니까. 안시성의 수공은 그 누구도 예상할 수 없는 것이었습니다. 왕자님께서는 지금 토산이 무너져 충격을 받으셨습니다."

장손무기가 나섰다.

"오만이나 되는 군사가 다쳤다. 백제 왕자의 목 하나로는 그 빚을 갚기 어렵다."

"토산이 어디 저희 왕자님 한 분의 의견이었습니까. 제가 그때 이 자리에 있었습니다. 총관들에게 토산을 건설하는 데 무슨 문제점이 있는지 묻고 나서 황상께서 허락한 계책이었습니다. 진퇴양난의 상황에 지략을 낸 사람이 잘못입니까? 그것을 제대로 행하지 못한 사람이 잘못입니까? 황상, 토산을 쌓는 책임자는 강하왕 이도종입니다."

이도종이 발끈해서 타로에게 물었다.

"그럼 설인귀의 증언은 무엇이냐?"

"어찌 한 사람 말만을 믿습니까. 그 한 사람이 거짓을 고했다면 어쩌시려고요. 왕자님께서 당나라를 배반했다는 물증은 있으십니까?"

타로가 설인귀를 향해 왜국말로 물증이 있냐고 물었다. 설인귀가 어리

둥절해하는 사이 물증이 있냐는 말을 돌궐말로 하니 아사나사이와 계필하력이 알아들었고, 거란말로 하니 설인귀가 알아들었다. 타로가 다시 중국어로 물증이 있냐고 물었다. 계백이 왜국말을 했다는 게 증거가 될 수는 없겠다는 듯 다들 고개를 주억거렸다.

타로가 설인귀에게 외쳤다.

"왕자님과 나는 다섯 개 나라의 말을 할 줄 안다. 말이란 잊기 쉬워 왕자님과 나는 가끔 외국말로 대화를 한다. 그게 어찌 잘못이냐."

타로가 당태종에게 고했다.

"황상, 저희 왕자님께서 드린 다섯 가지 선물을 잊으셨습니까. 왕자님께서 그간 보여준 마음을 믿지 못하십니까. 토산이 무너져서 죄를 묻는 거라면 저 또한 목을 내놓겠습니다. 하지만 누명은 죽어도 인정할 수 없습니다."

당태종이 계백, 설인귀, 타로, 이도종, 그리고 다시 계백을 차례대로 보았다. 당태종은 토산의 책임을 계백에게 묻는 게 마땅한지 생각했다. 그의 생명을 구한 설인귀의 증언을 믿어야 할지 고민했다. 타로가 여러 나라의 언어를 능숙하게 말하는 것을 떠올렸다.

토산 책임자 이도종에게 책임을 묻지 않고 계백만 처벌하는 것은 아무래도 이상했다. 설령 계백에게 죄가 있다 해도 죽이기에는 그 재주가 아까웠다. 그의 왕희지 필법을 잃고 싶지 않았다. 당태종은 이 전쟁이 끝나면 계백을 당나라로 데리고 가서 왕희지의 난정서를 필사케 할 생각이었다. 그런데 계백은 어떤 변명도 아니, 말 한마디 하지 않고 있었다. 불현 듯 당태종에게 도덕경의 구절이 떠올랐다. 참다운 사람은 변명을 하지 않고 변명을 잘하는 자는 참다운 사람이 아니다.

마침내 당태종이 판결을 내렸다.

"백제 왕자 계백의 배신 여부는 그 증거가 명확치 않으므로 문책을 일단 유보한다. 토산의 계책이 많은 병사들을 상하게 하였으나 우리 측에서 동의하였기에 형벌은 면한다. 하지만 아직 미심쩍은 점이 있으니 계백왕자를 막사에 가두고 일체의 출입을 허락지 않는다. 또한 그 죄의 유무가 확정되지 않는 한 그는 백제로 귀환하지 못할 것이다."

당태종의 말이 떨어지자 근위병이 계백과 타로를 데리고 밖으로 나갔다. 당태종이 말했다.

"이도종의 죄는 죽어 마땅하지만, 나는 한무제가 왕회王灰를 죽인 것이 진목공이 맹명孟明을 등용한 것보다 못하다고 생각한다."

이도종은 당태종의 조카였다. 당태종에게 이도종을 죽여야 한다고 아무도 진언하지 못했다. 계백에 대한 판결을 끝냈으니 이제 진짜 진퇴를 결정해야 했다. 이대로 퇴각할 것인가. 안시성에 다시 공격을 가할 것인가. 아니면 평양성으로 가서 최후의 결전을 할 것인가. 이 상태로 평양성을 향하는 건 무리라고 다들 생각했다. 안시성에서 받은 불의의 일격에 이미 승산은 기울었다. 다들 말이 없자 장손무기가 입을 열었다.

"토산은 반 토막 났습니다. 날은 추워지기 시작했습니다. 군량도 문제입니다. 더 큰 피해를 입기 전에 퇴각해야 합니다. 장량의 수군은 이미 퇴각했습니다."

"고구려군과 싸울 때 장량이 눈을 뜨고 기절했답니다. 그는 간이 작아 대총관감이 아니라 그리 이야기했거늘. 어디에 처박혔는지 지금은 사람들 눈에 띄지도 않는다 합디다. 거참, 논에 있던 미꾸라지가 겨울에 땅속으로 숨어들 듯 말입니다."

"이미 도주한 장량 이야기를 할 때가 아닙니다. 퇴진을 한다면 퇴로를 어찌해야 좋겠습니까? 요하의 부교는 불질러버렸잖습니까. 요택이 가장 적합할 듯한데."

"미친 짓입니다. 요택은 죽음의 늪이라 일컬어지는 곳입니다. 요하 상류로 올라가서 도하하는 게 낫습니다."

"그건 너무 먼 길입니다. 그리고 고구려에서 그것을 전망하지 못하겠습니까. 도중에 추격을 당하거나 아니, 이미 매복을 하고 있을 것입니다."

"이것은 안 되고 저것은 힘들다. 그럼 어쩌자고요? 누가 양만춘의 목을 따서 가져다주면 모를까."

"그래, 양만춘의 목을 따와라."

쩌렁쩌렁 당태종의 목소리가 울렸다. 체념한 듯 총관들의 언쟁을 듣고 있던 당태종이 소리를 내질렀다. 총관들이 당혹해하며 어찌할 바를 몰랐다. 당태종의 체면을 봐서 그 앞에서 대놓고 말을 안 해서 그렇지 이 전쟁은 완패였다. 지금은 피해를 최소화하며 퇴각하는 데 중지를 모아야 할 때였다. 야릇하게 당태종이 웃었다.

"산 채로 꿇리려니 어려웠던 것이다. 토산이 무너지면서 안시성 성벽도 조금 무너졌다. 놈들이 무너진 성벽을 신경 쓰는 사이 소수 정예병이 성주의 목만 끊으면 된다. 그래, 승산이 전혀 없는 게 아니다!"

당태종은 여태 패배와 좌절을 몰랐다. 그래서 더 승리에, 이미 진 전쟁에 끝까지 집착했다. 총관들은 당태종이 이성을 잃었다고 생각하였다. 이

번 출정은 평양성을 함락해 연개소문을 죽이고 고구려를 역사에서 지우자는 것이었다. 안시성 성주의 목은 절대 이 전쟁의 목적이 아니었다. 그것은 명분 없는 당태종 개인의 복수일 뿐이었다. 상처 입은 맹수처럼 당태종이 외쳤다.

"가라, 가서 양만춘의 목을 가져와라! 왜 대답이 없어! 그년의 목을 가져오지 못하면 그대들을 죽이겠다는 말을 내가 꼭 해야겠는가!"

당태종의 광기를 보고 아무도 반대하지 못했다. 지금 반대했다가는 틀림없이 목이 잘렸다.

타로가 제 머리를 부여잡고 어쩔 줄 몰라 하다 계백에게 왈칵 소리를 질렀다.

"도대체 어쩌시려고 이러십니까. 이대로 당나라로 끌려가면 어쩌시려고요!"

이때였다.

"가비류입니다. 들겠습니다."

타로는 가비류의 옷을 보고 깜짝 놀랐다. 검정 위장복 차림으로 보아 무슨 심각한 일이 있는 것이었다. 가비류가 계백 앞에 무릎을 꿇었다.

"하루성주님이 위험합니다. 지키라는 명을 내려주십시오."

말 자체를 잊어버린 듯 계백은 답이 없었다. 가비류가 말했다.

"그것이 아니라면, 하루성주를 당나라군보다 먼저 제가 베겠습니다. 답이 없으시면 허락으로 알겠습니다."

결연한 표정으로 가비류가 계백을 보았다. 계백이 눈조차 뜨지 않자 가비류가 말했다.

"가비류가 주군의 뜻을 받들겠습니다."

가비류가 밖으로 나갔다. 이게 도대체 무슨 상황인지, 가비류가 왜 하루 성주를 죽이겠다고 하는지 영문을 모르는 타로는 답답했다.

"도대체 이게 무슨 일입니까요!"

타로가 무릎을 꿇고 계백의 손을 잡았다가 흠칫했다. 계백이 벌떡 일어나 막사 안을 우리에 갇힌 맹수처럼 오가더니 급기야 맨손으로 뜨거운 화로를 짚고 말았다. 살이 타는 냄새에 타로가 계백의 손을 화로에서 떼어냈다. 계백이 말했다.

"이곳을 떠날 때가 됐다."

가비류가 드나드는 비밀통로를 이용해 계백이 막사를 빠져나와 당나라 진영을 벗어나기까지 세 시진 이상 시간이 걸렸다. 전쟁에서 졌다는 위기감 때문인지 뜻밖에도 당나라군 사이에 군령은 살아있었다. 계백이 당나라군 장교로 위장하고 그 신분패를 미리 준비해뒀어도 식은땀을 여러 번 흘려야 했다. 계백과 타로 둘 다 중국말에 능통하지 않았다면 불가능한 탈출이었다. 간신히 당나라 진영을 빠져나온 계백이 안시성으로 향할 때는 이미 동이 텄다.

저 멀리 타로는 보았다. 말 한 마리가 천천히 계백과 타로를 향해 오고 있었다. 그런데 말 등에 사람이 축 늘어져 있었다. 매섭게 채찍을 휘둘러 타로가 말을 몰았다. 심장이 쿵쿵 뛰었다. 아니길, 아니기를 빌며 박차를 가했다. 가비류였다. 황급히 그녀를 부축하여 내리는데 손에 피가 묻었다.

"가비류. 야, 가비류!"

눈을 뜬 가비류가 가까스로 몸을 조금 비틀었다.

"움직이지 마! 움직이지 말라고!"

울면서 타로가 만류했으나 가비류가 몸을 추슬러 계백 앞에 부복했다. 그리고 힘겹게 말했다.

"대좌평이 왕자님께 보낸 서신을 제가 먼저 보았습니다. 왕자님 때문에 백제의 입장이 곤란해졌으니 안시성 성주를 제거하여 당나라에 더 마음을 써라. 그것이 백제를 위하는 길이라 했습니다."

타로는 갈팡질팡 흔들리던 계백을 이해할 수 있었다. 백제의 귀족들은 당나라가 이 전쟁에서 작게 승리하기를 바랐다. 당나라와의 교역에서 얻는 이익이 고구려보다 더 커서였다. 고구려가 망하지 않고 당나라가 요동 일부를 차지하는 것이 귀족들에게는 최상의 결과였다. 요동성이 무너진 지금 요동의 중심은 안시성이었다. 그 안시성에는 당나라의 최대 걸림돌 하루성주가 있었다. 계백이 백제를 떠난 뒤 귀족들 사이에서 어떤 변화가 있었는지 타로는 대충은 짐작했다.

"연개소문이 왕자님을 해하려 합니다."

힘겹게 숨을 토해내면서도 가비류는 말을 했다. 타로는 가비류의 말을 멈추게 하고 싶었으나 그녀의 모습이 너무 비장하여 막지 못했다. 가비류가 피를 토했다. 계백이 가비류를 부축했어도 가비류는 끝내 부복의 자세를 풀지 않았다.

"제가 주군의 마지막 뜻은 제가 지켰습니다. 성주님은 무사하십니다."

가비류가 웃었다. 그리고 눈을 감았다. 오랫동안 가비류를 봐왔어도 이렇듯 환한 가비류의 웃음을 계백은 처음 보았다. 가비류는 다시 눈을 뜨지도 다시 웃지도 않았다. 그녀는 다른 말은 남기지 않고 가슴 가득 계백에 대한 연모만 담고 갔다. 계백은 가비류를 가만히 가슴에 안아 편히 눕혀주었다. 가비류는 죽은 뒤에야 그녀의 바람대로 정인의 품에 안겼다.

입술을 깨물고 타로는 고개를 돌렸다. 계백이 가비류의 무덤을 만드는 동안 돌아보지도 않았다. 한 조각의 꿈도 피어나지 않을 그 땅속으로 사라질 그녀를 눈뜨고 볼 수 없었다. 가비류가 원했던 것은 끝까지 계백이었기 때문에 그 모습을 더 볼 수 없었다. 계백도 타로의 심정을 아는지 한동안 그녀의 이름을 입에 담지 않았다.

포기하지 않고 당태종은 또 총공격을 감행했다. 막다른 골목에 몰려서인지 당나라군은 총관들이 닦달하지 않는데도 사력을 다했다. 토산을 탈환하기 위해 수만의 당나라군이 몰려들었다. 고구려군은 토산을 오르는 당나라군에게 참호에서 활로 응수했다. 정상을 향해 쇄도하던 군사들이 토산에서 잇달아 굴러 떨어졌다. 오르락내리락하면서 죽어간 당나라군의 시체가 토산 같은 산을 또 하나 이루었다. 희생자가 너무 많아지자 마침내 물러서라는 징이 울렸다. 고구려군이 참호에서 나와 승리의 만세를 불렀다.

하지만 승리의 통쾌함은 잠깐이었다. 진왕파진악을 부르며 당나라군이 다시 공격을 시작했다. 그들은 다들 술 한 잔씩 걸친 모습이었다. 노래를 부르며 발을 맞춰 파상적으로 토산을 공격했다. 한 개의 당나라 군단을 물리치고 안시성군이 쉴 만하면 뒤에 대기하고 있던 군단이 왔다. 물러갔다가 부랴부랴 재충전을 해서 또 우르르 몰려왔다.

안시성군이 포기하고 싶어질 때 백성들이 달려왔고 그들이 포기하고 싶어질 때 여자들과 소년들이 달려왔다. 소년 전사들은 나이는 어렸지만 보무가 당당했고 늠름했다.

당태종은 심리전술에 탁월했고, 장군들은 병사들을 잘 다루었고 당나라군은 육화진을 이뤄 잘 싸웠다. 안시성이 잘 싸워서 지지 않고 있는 것이지 당나라군은 강적 중의 강적이었다. 하지만 당태종을 비롯한 당나라군은 승리를 향한 열망이 너무 지나쳤다.

삼 일 동안 쉬지 않고 하루성주가 안시성군을 지휘했다. 그녀는 십만 명을 지휘하면서 그 한 사람 한 사람을 소중하게 여겼다. 숱한 당나라군이 초개처럼 뭉개졌다. 양측 모두 악과 깡으로 버티는 동안 토산이 당나라군의 피로 붉게 물들었다. 이렇게 삼십 년 같은 삼 일이 지나갔다.

이슬이 서리가 되는 늦가을 음력 9월 18일이었다. 당태종이 화평을 청하며 흰 비단을 안시성으로 보냈다. 하루성주는 일언지하에 거부했다. 그녀는 비단을 받지 않았다. 도저히 용서할 수 없었고 절대로 당태종과 화해할 수 없었다. 성문 밖에 방치해둔 하얀 비단이 거센 바람에 학 날개처럼 퍼덕였다. 삼십만이나 되는 사람의 무거운 사연을 담고 하얀 비단이 하늘로 날아올랐다. 순풍을 탄 방패연처럼 안시성의 하늘과 고구려의 하늘을 날아다녔다.

안시성에서 한 차례 된서리를 맞은 당나라군이 진눈깨비를 맞으며 철군하기 시작했다. 평화가 보금자리를 찾아온 제비처럼 안시성에 날아왔다.

지긋지긋했던 당나라군이 물러나자 짓눌렸던 숨통이 확 트였다. 환희에 들떠 안시성 사람들은 포효하듯 만세를 불렀다. 압박과 긴장의 멍에가 풀린 백성들은 덩실덩실 춤을 추었다. 너무 기뻐서 땅에서 먼지가 날 정도로 발을 굴렀다. 피땀으로 찌든 맥포 옷을 벗어 던졌다. 서늘한 바람은 시원했고 개운했다. 사람들이 머리에 쓰고 고깔모자를 벗어 푸른 하늘 끝까지 닿도록 높이 던졌다. 멱 감고 씻기 좋아하는 고구려 사람들이 비에 머리를 감고 바람에 머리를 말려가며 거둔 승리였다. 지인과 친족을 잃은 사람도 많았다. 비통한 눈물도 흘렀으나 곳곳에서 분출되는 환희의 축제 분위기를 누를 수는 없었다.

안시성 성루에 올라 하루성주가 승리를 선언했다. 우뚝 선 하루성주 곁에는 똘똘 뭉친 안시성의 수많은 백성들이 서 있었다. 안시성과 하루성주는 육십만의 완력에 굴하지 않았다. 그녀는 훗날 군신이나 전신이라 불려도 무방했다.

안시성 사람들은 당나라군의 토산을 사비뫼라 일컬었다. 붉은 무덤이라 뜻이었다. 훗날 눈이 내리면 아이들이 사비뫼에서 동무들이랑 미끄럼을 타곤 했다.

14. 그녀를 지워라

햇빛이 온통 흑색이었던 만물에 본연의 색을 입혔다. 날갯짓하는 새, 하얀 구름, 까맣던 하늘이 광명이 주는 파란 새 옷으로 갈아입었다. 누런 광야에 수를 놓은 듯한 숲은 싱그러웠고 그 푸른 숲과 초원 사이에는 강물이 흘렀다. 645년 9월 19일 새벽 서광은 새로운 대지의 탄생 같았다. 숲 속 둥지를 떠난 새들이 안시성을 찾아 비상했다.

성벽을 보수하는 현장에서 하루성주는 직접 땀을 흘렸다. 바구니에 돌을 담아 옮겼다. 그녀가 나르는 묵직한 돌 바구니가 한 자루의 칼보다 가벼워 보였다. 하루성주가 커다란 돌을 바구니에 담으려 했을 때 누군가 도움의 손길을 내밀었다. 계백이었다.

"혼자 들기에는 너무 큰 돌이오."

계백의 목소리였지만 하루성주는 쉽게 돌아보지 못했다. 그날 이후 두 달 만의 만남이었다. 계백이 웃음을 보이자 하루성주도 그를 따라 웃었지만 두 사람 다 오래 웃지 못했다. 하루성주에게는 안시성의 그 어느 누구에게도 말하지 못한 고민이 있었다. 계백은 그답지 않게 그녀의 고민을 눈치 채지 못했다. 계백의 마음 또한 어지러웠다. 오랫동안 그와 함께했던 가비류와 몇몇 오천솔의 죽음은 계백에게도 작은 일이 아니었다. 하루성주와 계백에게서 멀찌감치 떨어져 타로가 뒷짐을 진 채 두세 걸음 걷다가 돌아서기를 반복하고 있었다. 고개를 푹 숙이고 무정한 돌멩이를 툭툭 발로 찼다.

하루성주와 계백은 성벽을 따라 잠시 걸었다. 하루성주가 먼저 계백에게 말했다.

"가비류가 떠나갔겠군요. 많이 받았는데 아무것도 주지 못했습니다. 아프게만 하고 고맙다는 말도 못했습니다."

"웃었습니다. 가비류는 끝까지 그 아이다웠습니다."

계백은 화제를 돌렸다.

"어제 당나라군이 철군하기 시작했는데 보수가 빠르군요."

"당태종이 화친하자며 백색 비단을 보내왔으나 할 일은 해둬야죠. 우선 무너진 성벽부터 보강하고 있습니다."

"물을 끌어들이는 것은 좋았으나, 자칫 안시성이 물바다가 될 수도 있었습니다."

"사람의 힘이 다하면 하늘에 맡길 수밖에 없지요."

계백은 하루성주의 말에 통증을 느꼈다.

"당태종은 또 올 것입니다."

만약 당태종이 다시 안시성으로 쳐들어온다면 계백 또한 올 것이었다.

무슨 말을 계백에게 해야 할지 하루성주는 잠시 망설였다.

"오늘 돌아가십니까?"

계백이 답을 하지 못하는 사이 성벽의 끝자락에 도착하였다. 하루성주가 말했다.

"성벽은 여기에서 끝납니다. 그런데 우리 둘의 끝은 어디일까요?"

계백이 하루성주의 손을 잡았다. 구 년 전처럼 여린 손이었다. 다시 칼을 들어야 할 그 손이 계백을 아프게 하였다. 놓는 순간 두 번 다시 잡을 수 없을지도 모를 손이었다. 두 사람의 따뜻한 손 사이로 차가운 현실이 그들 사이를 파고들었다. 계백은 눈에 각인이라도 시킬 것처럼 하루성주를 바라보았다.

"돌아온다 말해도 되겠습니까?"

하루성주가 계백을 한참 바라보다 고개를 끄덕였다. 하늘의 별보다 땅의 풀보다 하고 싶은 말이 많았어도 말을 못했다. 태고 적부터 신이 점지해준 인연 같았지만 전쟁 속에서 다시 만났다. 전쟁이 없으면 둘의 인연에도 종지부가 찍히는 것인가. 계백에게 더 이상 말을 하지 않는다면 아마이 순간이 마지막일 것이었다. 그녀는 그리 느끼면서도, 그렇게 알면서도 끝내 입을 다물었다. 그녀만의 행복을 찾아 안시성을 떠나는 일은 상상조차 할 수 없었다. 하루성주가 계백의 손을 놓았다.

계백은 오천솔과 함께 안시성을 떠나갔다. 계백은 뒤를 돌아보았다. 하루성주가 잘 가라고 손을 흔들어주었다. 평강도 손을 흔들어주었다. 안시성 주민들도 손을 흔들어주었다. 평강이 계백과 오천솔에게 선사한 황금을 실은 수레바퀴가 삐걱거렸다.

그 시각 당나라군이 요택으로 도주하는 모습을 연정토가 지켜보았다. 그는 일부러 형 연개소문과 똑같은 파란 갑옷을 입었다. 이 두 사람이 같은 갑옷을 입고 두 군데서 동시에 나타나는 바람에 당나라군은 혼비백산했다. 쌍둥이처럼 닮은 연개소문 연정토 형제의 교란작전이었다. 천문을 알아 귀신을 부리고 둔갑술을 한다는 연개소문 신화의 실체였다. 이 사실을 계백처럼 연씨 형제 두 사람을 다 만나본 사람만이 알았다.

요택을 건너가는 당나라군을 향해 연정토가 지휘봉을 가리켰다. 그의 지휘봉을 따라 앞에 도열해 있던 기수들이 깃발을 흔들었다. 그 깃발에 화답하듯 대기하고 있던 북들이 일제히 부르짖었다. 둥. 둥. 둥. 둥. 거대한 북들이 일제히 내지르는 소리에 군사들의 심장박동이 커졌다. 점차 빨라지는 북소리에 고구려군이 당나라군을 공격하기 시작했다.

당나라군의 등을 겨냥한 화살이 소나기처럼 쏟아졌다. 늪에 빠져 허우적거리는 전우를 뒤로한 채 당나라군은 도주했다. 요택에 겹겹이 쌓이는 당나라군의 주검으로 육지와 이어진 길이 생기기 시작했다.

고구려군의 일방적인 공격은 해가 질 때까지 그치지 않았다. 살갗이 찢어지고 뼈가 부러지며, 살아남겠다는 욕망이 요택 속으로 빠져들었다. 요택이 수천, 수만의 병사들의 피로 얼룩져 붉은 물안개가 피어오른 듯 새빨개졌다. 이렇게 3만 명을 삼키고도 요하는 흘렀다.

바다같이 넓은 요하의 강물이 하늘보다 더 짙은 노을을 담기 시작했다. 인간의 피로 범벅된 요하에 피어오르는 붉은 밤안개가 독초보다 더 지독했다.

10월 1일, 당태종이 보낸 사신들이 눈보라를 맞으며 고구려 진영을 찾아왔다. 그들은 도열해있는 고구려군 사이를 통과해 연개소문을 향해 걸어갔다. 당나라 사신들은 양쪽에 자리한 고구려군의 방패에서 위압감을 느꼈는지 자꾸 뒤를 돌아보았다. 그들은 고구려군과 시선을 마주치지 못했다. 단 한 사람 설인귀를 제외하고는. 계백이 당나라 진영에서 사라진 덕분에 설인귀는 그토록 바랐던 출세의 길을 잡았다.

사신들이 흰 눈이 내려앉은 땅바닥을 보며 앞으로 나아갔다. 설인귀가 툭 어깨를 치자 위지경덕尉遲敬德이 슬며시 고개를 들어 저 멀리 파란갑옷을 보았다. 연개소문이라 직감한 위지경덕은 무릎을 꿇었다. 신발을 벗고 맨발 맨손으로 연개소문을 향해 어기적어기적 기어갔다. 위지경덕과 달리 설인귀는 의연했다. 위지경덕이 연개소문에게 말했다.

"대막리지, 살려 주십시오. 제발, 살려주십시오."

위지경덕이 체면 불구하고 목숨을 애걸복걸했다. 선비족인 그는 꽤 이름난 용장이었다. 설인귀가 건네는 옷과 활을 고구려군 장교가 받았다.

"백포 설인귀, 고구려 대막리지께 인사드립니다. 저희 황제께서 막리지께 드리는 선물을 가져왔습니다. 활과 옷입니다."

거드름을 피우며 연개소문이 입을 열었다.

"이것뿐인가? 다른 게 있을 텐데."

"고구려의 대막리지께 드리는 글이 있습니다."

연개소문이 당태종의 친서를 읽었다. 포로송환, 전쟁배상금, 세폐, 영토 할양 등이 언급돼 있어 당나라의 항복문서나 다름없었다. 연개소문이 고개를 끄덕였다. 고구려는 퇴각하는 당태종을 죽이지 못했고 당나라군을 끝까지 추격해 섬멸하지 못했다. 무력은 남아있었어도 당나라를 멸망시킬 경제력은 없었다. 요동 땅이 반 넘게 초토화된 탓이었다.

연개소문이 당태종의 친서를 읽는 동안 위지경덕은 살려달라는 말만 했다.

"살려주십시오. 제발 목숨만은, 너그러이 용서를."

눈물범벅에 콧물까지 흘려가며 위지경덕은 볼썽없게 굴었다. 넙죽 엎드린 채 두 손을 모아 싹싹 빌었다. 설인귀는 연개소문에게 비굴한 모습을 보이지 않았다.

위지경덕과 설인귀가 연개소문의 진영을 빠져나갔다.

"어떻소? 내가 꾸며낸 시늉이."

위지경덕의 말에 설인귀가 입맛을 다셨다.

"쩝, 참으로 불쌍해보입디다."

"나는 연개소문에게 목숨을 애걸했고, 장군은 만약 연개소문이 계속 추격한다면 사생결단하겠다는 자세였으니, 연개소문이 화의 제안을 받아들인 거요."

위지경덕의 말에 설인귀는 코웃음을 쳤다. 일국의 사신이 될 정도로 설인귀는 지난날의 설인귀가 아니었다. 고구려로 올 때 일개 졸병이었던 그는 고구려를 떠날 때는 대장군이었다. 게다가 설인귀라는 이름은 이제 당태종이 믿고 쓰는 이름이었다.

당나라 진영으로 돌아가는 도중에 위지경덕과 설인귀는 일단의 무리를 만났다. 고구려군이 당나라군 포로들을 데려가고 있었다. 당나라에 끌려간 고구려 백성들과 교환하려면 당나라군 포로가 필요했다. 임무를 완수하고 돌아가던 위지경덕이 포로들을 보고 웃음을 그쳤다. 설인귀는 당나라군 포로를 바라보며 혀를 찼다.

"어찌 저리 우매하게 살꼬. 사람이 머리를 써야지, 머리를. 어쨌든 살아남아라. 뭐 어떻게든 살아남는 자가 결국 이기는 것이니까. 안 그렇소이까?"

못마땅한 듯 위지경덕이 헛기침을 했다. 주군 당태종의 목숨을 구하려고 연개소문 앞에서 굴욕을 참고 또 참은 위지경덕이었다. 그는 한갓 병졸에 지나지 않았던 설인귀가 거드름을 피우는 모습에 입이 썼다.

행렬이 가까이 다가오자 위지경덕과 설인귀는 분명히 보았다. 그 파란 연개소문의 갑옷을. 파란갑옷을 보고 위지경덕이 다급히 무릎을 끓었다.

"아이고, 연개소문 대막리지님, 어찌하여 저희를 막아서는 것입니까? 살려주십시오."

고개를 숙이고 있던 위지경덕이 고개를 갸우뚱했다. 조금 전에 연개소문을 만나고 오는 길이었다. 그는 고개를 들어 파란갑옷을 입은 사람을 뚫어지게 쳐다보았다. 아무리 봐도 연개소문이었다. 설인귀와 다른 당나라군도 이 어이없는 상황에 얼떨떨했다. 설인귀가 파란갑옷의 얼굴을 노려보았다. 설인귀의 날카로운 눈썰미도 그가 연개소문이 아닌 연정토임을 알아차리지 못했다.

"네가 백포의 설인귀냐?"

연정토가 야릇한 미소를 보이며 설인귀를 지나쳐갔다. 그를 알아봐준 것이 뿌듯했어도 설인귀는 아무 말도 하지 못했다. 지금 허깨비를 보고 있는 것인가. 설인귀는 멀어져가는 연정토의 뒷모습을 멍하니 바라보았다. 설인귀가 당나라군 포로에게 다가갔다.

"어떻게 된 일이냐?"

"보면 모르십니까? 고구려군에게 잡혀가는 겁니다. 추위에 떨며 쪼그리고 앉아 울고 있는 우리를 연개소문이 포위했습니다. 무기를 들 힘도 없고, 목숨만은 건지려 스스로 포로가 되었습니다."

"어허, 이럴 수가! 내가 지금 연개소문을 만나고 오는 길이다. 연개소문이 정말 둔갑술을 하는 것이냐!"

설인귀가 혀를 내둘렀다.

죽음의 늪이라 불리는 요택을 건너는 동안 당나라군은 사상자가 속출했다. 매일같이 죽을 고비를 넘겨야만 했던 병사들 사이에서 노래가 돌기 시작했다.

黃雲隴底白雪飛

未得報恩不能歸.

遼東小婦年十五

慣彈琵琶解歌舞.

今爲羌笛出塞聲

使我三軍淚如雨.

누런 구름 깔리고 흰 눈이 내리니

용서받지 못해 고향으로 돌아가지 못하네.
고구려요동의 그 어린 소녀는
비파를 잘 타고 춤도 잘 추었네.
오늘 피리소리가 안시성 밖으로 나오니
우리 당나라삼군의 눈물이 비처럼 흐르네.

이 노래를 당나라군은 쉴 때마다 흥얼거렸다. 내일 다시 볼 수 없을지도 모를 해와 달을 벗 삼아 노래만 불렀다. 창칼은 내팽개친 지 이미 오래였다.

병사들은 이 노래가 양만춘의 안시성 수성을 칭송하는 노래라는 것을 어렴풋이 느꼈다. 그 당시 병사들의 애잔한 마음 또한 담겨 있었다. 당태종이 군령으로 이 노래를 금했지만 입에서 입으로 퍼져나가는 것을 막지 못했다. 수십만 당나라군의 마음은 곧 천심이나 매한가지였다.

당태종이 임유관에 도착하여 마중 나온 태자를 만났다. 645년 10월 21일 그 기나긴 동서대전이 일단 멈췄다. 만리장성을 나서 요하를 건넌 지 다섯 달 만이었다. 반년 전 만리장성을 나갔던 그 긴 당나라군 행렬이 딱 반토막이 되어 돌아왔다. 반이나마 살아남은 것은 육십오만 대군이어서였다. 워낙 긴 뱀이었던 까닭에 고구려에 통째로 먹히는 참사는 모면했다.

당태종은 일단 만리장성의 문을 굳게 닫았다. 요동에서 사망한 당나라군 시신 앞에서 당태종이 친히 곡을 하고 제사를 지냈다. 만리장성 위에서 요동 쪽을 바라보며 당태종은 상요동전망傷遼東戰亡을 읊었다.

鑿門初奉律, 仗戰始臨戎.
振鱗方躍浪, 騁翼正淩風.
未展六奇術, 先虧一簣功.
防身豈乏智, 殉命有餘忠.

맨 먼저 병법대로 성문을 뚫으려 했고
적을 내려다 볼 수 있게 만들고 싸웠도다.
비늘을 펴 거스르는 물결을 뛰어넘고
날개를 펼쳐 몰아치는 바람을 다스렸도다.
뛰어난 여섯 전술은 펼치지도 못하고
옛날 세웠던 큰 전공마저 이지러졌구나.
이 한 몸 살리려 어찌 지혜롭지 못했던가!
충심이 넘치는데도 천명에 따라 가는구나.

646년 2월, 당나라 수도 장안. 요동에서 누가 이겼는지 물어보는 사람은 바보 취급당해도 쌌다. 당태종은 신하들과 장군들에게 패전의 죄를 물었다. 장군 수십여 명이 쇠사슬로 포박을 당한 채 문책을 당했다. 중죄인인 그들의 발은 족쇄까지 채워졌다. 단상 위에서 당태종이 장손무기에게 말했다.

"다른 기록은 몰라도 안시성의 그 년은 역사서에서 싹 지우라 하라!"

당태종은 더 이상 존경스러운 황제가 아니었다. 황제의 체통은커녕 그는 인간으로서의 염치도 잃은 부족한 인간이었다. 씁쓸하게 장손무기가 말했다.

"이미 모든 기록에서 안시성 성주는 모조리 삭제하라 했사옵니다."

"양만춘이라는 이름은 우리 당나라뿐만이 아니라 그 어떤 기록에도 남아서는 안 될 것이다. 백제에도 사신을 보내 양만춘의 이름을 남기지 않으면 계백의 죄를 묻지 않겠다고 전해라!"

조정에 나온 신하들이 모두 부복하여 당태종의 명을 받들었다. 기록말살형이었다. 당태종은 진서, 수서를 비롯한 역사서 편찬을 명했는데 그 어떤 기록이든 하루성주의 이름을 남기는 것은 허락되지 않았다. 고구려로 원정 갔던 총 70만 당나라군은 대폭 축소되어 이세적의 요동도행군 15만과 장량의 수군만 사서에 기술되었다.

중죄인들을 향해 장손무기가 당태종의 처분을 알렸다.

"전 행군총관 장문한, 참수형!"

대령하던 군사가 장문한의 목을 쳤다.

"다음, 전 행군총관 장군예, 참수형!"

대령하던 군사가 장군예의 목을 쳤다. 다음 차례는 당나라수군 총사령관 장량이었다. 그는 얼른 자기 차례가 오길 바라며 극도의 공포로 벌벌 떨고 있었다. 장손무기가 말했다.

"다음, 전 행군대총관 장량, 참수형!"

장량의 목이 떨어졌다. 이렇듯 당태종은 패전의 책임을 물어 수많은 장군들에게 사형을 내렸다. 숱한 벼슬아치들이 굴비 엮이듯 포승줄에 포박되어 줄줄이 유배지로 떠나갔다. 장손무기의 목소리가 그치자 하늘에선

때늦은 하얀 눈이 내렸다. 하늘이 후안무치한 당태종에게 흰 눈을 뿌리는 듯싶었다.

당태종의 마음에 찍힌 고구려의 말발굽자국은 지워지지 않았다. 복수심에 불타는 그는 더 이상 어질지 않고 명철하지도 않은 황제였다. 당태종은 647년에 이어 648년에도 다시금 30만 대군으로 고구려를 공격했다. 안시성과 하루성주를 피해 평양성을 노렸지만 끝내 고구려를 이기지 못했다. 연개소문 또한 절대 만만한 상대가 아니었다. 한 번만 더 고구려 원정을 감행했다가는 당나라가 자멸할 지경이었다.

신경이 쇠약해진 당태종은 심각한 불면증을 겪었다. 당태종은 침전 밖에서 위지경덕이 칼을 들고 지켜야 잠을 잘 수 있었다. 위지경덕과 함께 당태종의 목숨을 구한 설인귀는 출세를 거듭했다. 칼을 들고 장안성 현무문을 지키는 대임을 맡았다. 다음해에 당태종이 마침내 별세했다.

당태종의 기록말살형에도 불구하고 안시성이 당태종을 물리쳤다는 소식은 입에서 입으로 퍼져나갔다. 그 작은 소리들이 뭉쳐 천둥처럼 세상을 진동시켰다. 사해로 퍼져나간 그 소식은 하늘아래 사람들을 전율시켰다. 몸서리를 칠 만큼 경악한 사람들은 성지를 순례하듯 안시성을 찾아왔다.

646년 봄, 안시성은 평강과 하루성주의 업적을 경하하러 온 여러 나라의 사절단으로 붐볐다. 그들이 가져온 축하선물로 안시성 평강궁과 요춘궁 앞은 문전성시를 이루었다. 평강은 그 선물들을 수레에 실어 말갈족에게 보냈다. 말갈기병 수천 명이 당태종에게 생매장당한 것을 위로하고 그들의 노고를 치하했다.

고구려 보장왕은 하루성주에게 양날도끼를 하사했다. 당태종에게 항복했던 백암성 통치를 그녀에게 맡겼다. 당나라군 잔당들을 소탕하고 평양성으로 돌아가는 길에 연정토가 안시성을 찾았다. 연정토는 평강에게 백금을 바쳤다. 백제는 금과 구리로 크고 아름다운 향로를 만들어 동명왕의 사당에서 제사를 지냈다. 왜국은 흰 꿩과 노비 여덟 명을 하루성주에게 선물했다. 고구려의 동맹국 설연타는 서쪽 사막 너머 한혈마를 보내 승리의 기쁨을 함께했다. 고구려를 공격해달라고 당나라에 요청했던 신라는 구수닭과 삽살개 두 마리씩을 바치며 사죄했다. 당나라 편에 섰던 거란은 낙타와 양을 바치며 용서를 빌었고, 당나라의 번병으로 참전한 돌궐은 미안했다며 흰 새매 세 마리를 선사했다.

646년 5월 8일, 평강이 하루성주에게 말했다.
"하루야, 너를 혼자 남겨놓고 가서 미안하구나."
이 말을 마지막으로 평강이 고구려의 저 높은 하늘로 떠났다. 동신성모지당에 있는 유화부인의 신모상에서 피눈물이 나흘 동안 흘렀다. 평강은 소녀 때는 진달래였고 온달이 죽은 뒤에는 연꽃이었고 노년은 국화꽃 같았다. 그녀의 일평생은 언제나 사람들이 먹을 수 있는 꽃이었다.
평강이 운명하던 날 하늘의 별들이 일제히 자취를 감추었다. 어머니를 여읜 고구려 백성들이 사흘 밤낮을 흐느껴 울었다. 안시성 백성들은 울다가 실심하여 기절한 사람이 하나둘이 아니었다. 죽어서도 평강을 섬기겠다며 순사한 사람들은 어쩔 수 없이 순장을 거행했다. 평강이 묻힌 들판을 그 존함을 따라 평강원平岡原이라 명명하였다.
고구려의 근간인 맥족, 예족, 말갈족은 물론 그 땅에 살고 있는 삼한=

韓족, 선비족, 돌궐족, 거란족, 한漢족까지 하나로 융합하라고 평강이 유지를 남겼다. 평강의 시신을 안치해둔 묘에 고구려 사람들이 모여 노래를 불렀다.

눈부신 황금빛 얼굴 그 분
구슬채찍 손에 들고 귀신 부리셨네.
경쾌한 발걸음 느린 손짓 우아하게 춤추셨으니
제요帝堯의 봄 이룬 붉은 봉황이셨네.

끝.

[안시성] 다음 이야기는 장편소설 [계백]으로 이어집니다.

3권 [계백] 소개

하루성주와 헤어진 뒤 계백은 배를 타고 사비성으로 향했다. 깊은 밤 선상에서 계백이 하늘을 올려다보았다.

"별이 밝구나."

계백을 따라 타로가 하늘을 올려다보았다. 숱한 별들이 반짝이고 있었다. 거성들은 대부분 신화에 나오는 영웅들이나 대왕들의 별이었다. 저 북쪽하늘 큼지막한 별은 계백의 별이었다. 그 옆의 저 볼품없는 별이 타로의 별이었다. 이름도 갖지 못한 자그마한 저 별은 어지간해서는 보이지도 않았다. 칠흑 같은 어둠이 없다면 타로의 별은 빛을 발하지 못했다. 태초부터 별을 빛나게 한 것은 암흑이었다.

계백과 타로의 별이 갑자기 시야에서 사라졌다. 밤하늘을 뒤덮은 구름에 가린 것이었다. 구름을 따라온 고든하누가 휘몰아쳤다. 더 세차게 휘도는 바람 속에 계백 앞에 또 하루의 새벽이 밝아오고 있었다.